紅霞後宮物語　第零幕

五、未来への階梯

雪村花菜

富士見L文庫

目次

この作品は、「カクヨム」連載分に大幅な加筆修正をしたものです。

宸国妃嬪位階表

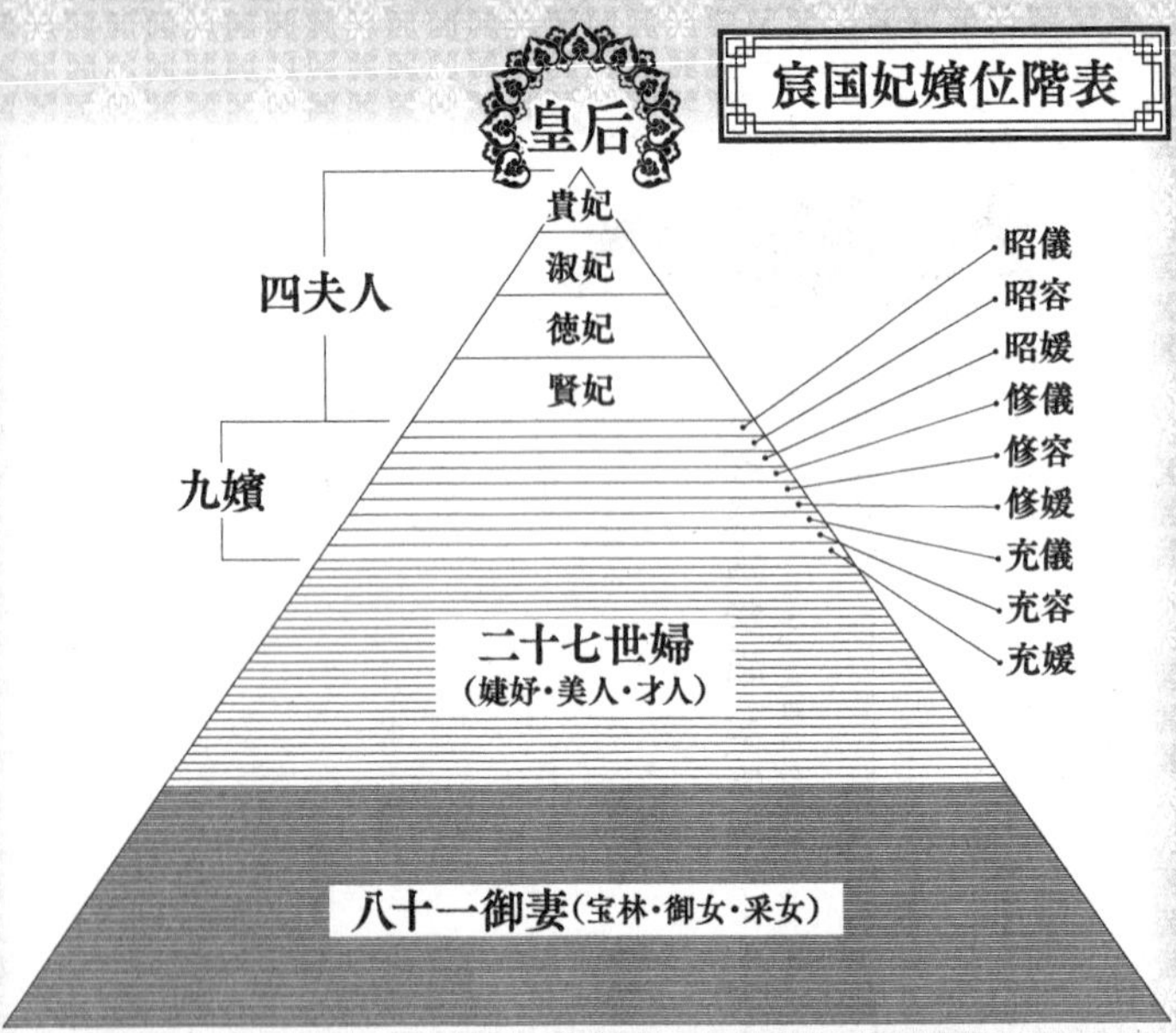

地図（中宸）

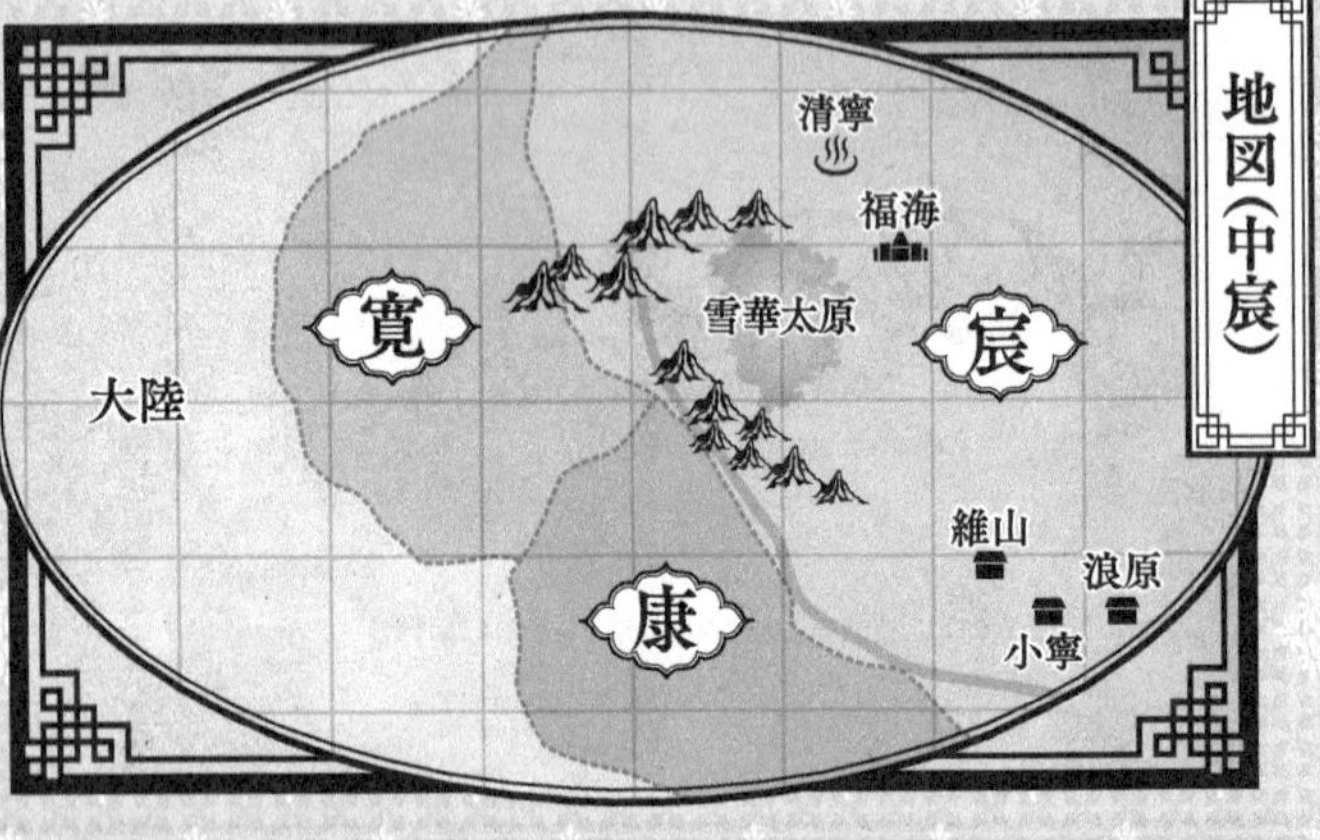

宸国武官制度概略（文林即位時点の帝都）※1

	省名	長官	職掌
（天子）十六衛	左・右衛	大将軍（正三品）※2	宮城内外の警備。
	左・右武威衛	同上	上に同じ。左右衛の補佐。小玉が現在配属されているところ。
	左・右鷹揚衛	同上	左右武威衛に同じ。地位は左右武威衛に次ぐ。小玉が沈中郎将の下で働いていたところ。
	左・右豹韜衛	同上	宮城の東面において左右衛の補佐。序列は左右鷹揚衛に次ぐ。
	左・右玉鈐衛	同上	宮城の西面において左右衛の補佐。序列は左右豹韜衛に次ぐ。小玉が最初に配属されたところ。
	左・右金吾衛	同上	宮中、都の警戒等。行幸・親征時には露払い等。
	左・右監門衛	同上	宮中内の警備、諸門の出入りの管理。
	左・右奉宸衛	同上	室内における皇帝の身辺警護。
禁軍	左・右羽林軍	大将軍（正三品）	皇帝直属の軍隊。小玉の皇后時代に左右龍武軍（後の神策軍）が増える。

※1　武官については皇太子を警護する「（東宮）十率府」もあるが、本表では割愛した。
※2　大将軍の上に「上将軍（従二品）」が置かれている時代もあったが、この時代では大将軍を頂点とする。

十六衛の各衛の構造

直属の折衝府※3

徴兵した者などを供給

大将軍	（正三品）	1名
将軍	（従三品）	2名
中郎将	（正四品下）	1名
左郎将	（正五品上）	1名
右郎将	（正五品上）	1名
長史	（従六品上）	1名
参事	（正八品上～下）	複数
校尉	（正六品上）	5名
旅帥	（従六品上）	10名
隊正	（正七品上）	20名
副隊正	（正七品下）	20名

※4

※3　徴兵、訓練、動員を行う機関。各地に点在するが、現在は募兵のほうが盛んであるため、有名無実化しつつある。地方の折衝府は、ほぼ警備隊としてしか機能していない。

※4　他にも役職はあるが本図では割愛した。兵卒も同様である。

人物紹介(宸国)

《軍関係者》

関小玉(かんしょうぎょく)
兄の代わりに軍に入り、武官となった。貧農出身。

張明慧(ちょうめいけい)
小玉の部下にして親友。筋骨隆々としたおおらかな女性。

黄復卿(こうふくけい)
故人。小玉の部下で、あまり大したことのない理由で女装していた。

張泰(ちょうたい)
小玉の部下で、軍属の文官。食えない人物だが、愛妻家。

周文林(しゅうぶんりん)
小玉の部下。高い事務能力を買われて、副官の役割を担う。先々帝の血を引く。

楊清喜(ようせいき)
小玉の従卒。復卿の恋人。公私問わず小玉に尽くしたいが、小玉には断られている。

王敏之(おうびんし)
小玉の上官で将軍。小玉を高く評価している。

米孝先(べいこうせん)
小玉の上官で、敏之の副官。大雑把な上官と部下に、頭を悩ませている。

沈賢恭(しんけんきょう)
武官として働く宦官。小玉の元上官。

王蘭英(おうらんえい)
武官で、小玉の年の離れた友人。後方支援に長けている。

蕭自実(しょうじじつ)
武官で、小玉の知己。復卿とは不仲だが、お互い礼儀正しく一線を引いている。

陳叔安(ちんしゅくあん)
武官で、小玉の元従卒仲間。友人である小玉のことを、妻と共に心配している。

李阿蓮(りあれん)
小玉の元同僚。退役して現在は食堂を経営している。年々子どもが増えている。

《小玉の血縁》

陳大花(ちんたいか)
故人。小玉の母。最期まで娘を案じていた。

関長(かんちょう)
故人。小玉の兄。一粒種の息子を遺し、事故で死亡。足が不自由。

陳三娘(ちんさんじょう)
故人。長の妻。小玉とは幼なじみであり、血縁上は従姉妹同士にあたる。

関丙(かんへい)
小玉の甥。長と三娘の息子。小玉に似ていると周囲はなんとなく思っているが、実際は小玉よりもはるかに繊細。

《皇族》

祥雯凰(しょうぶんおう)
先帝の嫡女。異母兄に排斥され、馮王家に嫁ぐ。かつて小玉が仕えていた。

棣(てい)
皇太子。栝の嫡男で、文林の又甥。泰の勧めにより、文林が接触をはかる。

「教えて、文林《ぶんりん》」

そう呼びかけつつも、実を言うと小玉《しょうぎょく》は、明確な答えを文林が持っていると確信していたわけではない。

でも、総合するとまちがいなくおかしい状況だったから、そう口にする以外の選択肢がなかった。

今回の出征、文林は不参加だった――これは別におかしいことではない。国法にのっとって保証された休みで、彼は出征よりも前から通常業務にも服していない。

見送りに来るはずだった文林が、姿を見せなかった――これについてはまあまあおかしくない。「喪中」という観点からいえば、彼が職場に顔を出さないのは、この国ではむしろ奨励される状況だ。泰《たい》がちょっと慌ててたのが、気にはなったけれど。

襲撃された――これはくそったれな事態なうえに、復卿《ふくけい》が死んだ事実も踏まえるとくそったれにくそったれが屋台で売られてるおやきのように積みかさなっているのだが、そもそもここは戦場だ。起こったこと自体は、おかしいことではない。実に遺憾なことであったとしても。

それぞれの事柄を単体でとりあげれば、大小の差はあれおおむね問題はない。

けれども今、文林がここにいることはかなりおかしい。

そして、小玉が奇襲を受けた直後であるということはさらにおかしい。

そしてこれらの「おかしさ」は、これまでの事柄の「おかしくなさ」とぶつかりあって、相殺するなんてことはなく、むしろ元々の「おかしくなさ」が「おかしい」に引きずられて、反転してしまった。

つまり小玉は、これまでの事柄と今起こっている事態について、文林という軸をもとになんらかの関連性を見いださずにはいられなかった。

あくまで論理的に考えれば。

けれども当の小玉の脳裏では、これらのことを筋道立てて構築していたわけではなく、半ば直感的に辿《たど》りついた結論だった。そしてその直感は、「期待」というものに背を押されていた。

この深刻な事態で「期待」という正の感情を抱くのは、どこか場ちがいなのかもしれない。けれどもこの「期待」はまったく明るい感情ではなかったから、実に戦場向きなものであった。

この不条理きわまりない状況に、てっとり早く答えを得たい……得られるのではないか？　欲求としては順当なものだが、復卿の死によって、焦りや苛立《いらだ》ちがよりかきたてられたそれは、まちがいなく暗い感情だった。

けれども今の小玉にとって、もっとも強い欲求だった。

もっとも小玉自身はおかしいだとか、おかしくないだとか、自分の中にある期待だとか……そんなことも、きちん、きちんと頭の中で整理したうえで、明確に疑念や猜疑《さいぎ》をもって文林に問いかけているわけではなかった。

小玉本人の感覚では、半ば条件反射といっていい問いかけだったし、実をいうと文林のことだから、なにかしらの反応が返ってくるにちがいないと待ちかまえていた。

「…………」

「文林……？」

だから小玉の問いに文林が即答せず、振りかえった小玉の目を避けるように、さっと横を向いたというのは、多少なりとも小玉を驚かせた。その驚き自体が、小玉が本心では文林に対して信用を失っていないことを証明している。

小玉は横たわる復卿から文林に、目を向けながら立ちあがる。

隣で小玉と同じように屈《かが》んでいた清喜《せいき》は作業に熱中したまま立ちあがることも、顔を文林に向けることもなかった。だが彼が目だけは小玉に向けた姿は、立ちあがりながら体の向きを変える小玉の視界の隅に入っていた。

それは一瞬だけ。

完全に振りむいた小玉の目に映るのは文林。そして殺風景な天幕の壁布。

ある種の訝《いぶか》しみによるものとはいえ、このときになってようやく小玉は、文林の姿をはっきりと捉《とら》え、そしてその様子を観察する余裕を持てた。

――あのときとは違う。

小玉は長旅の後の文林を見たことがある。出征という集団行動下におけるそれとは違う。あれは小寧《しょうねい》に左遷された小玉を、彼が迎えにきたときのことだ。

けれども、そのときの文林と今とでは、あまりにも様相が異なっている。あのときの文林は旅の疲れや汚れはある程度見えたものの、身支度はもちろん態度も落ちついており、全体的にきちんとした印象だった。

今の文林はようやく息が整ったばかりだった。髪は乱れ、服装は平服で手荷物もほとんどなく、取るものも取りあえずといった様子であった。最低限の武器を持っているのが、むしろ不自然に見えるほど。けれどもそれさえ無ければ、道中野盗に襲われていたかもしれない。

なにより態度が変だ。顔色は青ざめ、表情はどこか苦しげだった。視線はどこか定まっていない。きちんとしているとはとても言えない。なにより彼の性根からして、自身のそんな姿を見せるなんて……らしくなかった。

「どうしたの、文林……」

小玉が再度発した呼びかけは、文林のそういった奇異な様子に対するものでもあった。このときの小玉は、足下に横たわる死せる部下にかかわる欲求をつかのま保留し、生ける目前の人間の心配を少しだけけしたのだった。

常の文林なら、小玉の呼びかけが内包する意味まで理解できただろう、多分。けれども今の彼は、そこまでの余裕はなさそうだった。

文林が唇を震わせる。

「俺のせいだ……」

小玉の問いへの答えでもなく、独りごちた、という風情の言葉だった。

しかし聞く者にとっては、ただただ不穏さしか感じられない独り言であった。

絞りだすような文林の声に、小玉は眉《まゆ》をぴくりと動かす。同時に彼女は、背後で清喜の動きが止まったのを感じた。

清喜は今、血で汚れた復卿の顔と手足を拭《ふ》いていた。今の彼にとって、なによりも優先すべきこと。それを止めた。

復卿の死は、親しい者にとっては大事である。しかしこの戦場において彼は一介の士官で、戦局の大勢を左右したわけでもない。だから復卿は、他の戦死者と同様にこの戦地で葬るしかない。

だがその前にせめて、身を清めてあげたいという清喜の望みを断る言葉を、小玉は持ちあわせていなかった。

文林の「俺のせいだ」という発言を耳にした清喜の心中で、一瞬にしてどのような憶測が駆け巡り、どのような感情が渦巻いたか。

小玉は完全には理解できない。けれども想像はたやすい。なぜなら小玉自身、清喜と同じ類《たぐい》の憶測と感情に、心を揺さぶられていたからだ。

小玉も清喜も、文林の一言だけで激高して抜剣するほど短絡的ではない。それでも文林に対する不信感が膨れあがるのは、無理からぬことだった。

そもそも、今この場に服喪中の文林が現れたこと自体が異常であり、その事実も小玉たちの不穏な憶測に、より現実味を持たせた。

自分から冷静さが失われるのを感じながら、清喜のいる場で話を続けるべきではないか、と小玉は逡巡《しゅんじゅん》した。

しかし、いやだめだ、とすぐに思いなおす。

中途半端に与えられた情報は、猜疑に満ちたすれ違いを招く。清喜が文林に対して、変な遺恨を抱くような事態は避けたい。そう判断できる程度には冷静さを残せている自分を、小玉は褒めてやりたかった。

――けど、正しい遺恨だったなら……。

文林の話を聞いたうえで、仲裁をするか、あるいは自身も文林を糾弾するかを決めようと小玉は考えた。この考えに至るまで、文林との間にこれまで培った信頼関係というものはまったく加味されなかった。

そんな自分を、おかしいと思うわけがない。

ここで文林とのこれまでの思い出がよぎることで、心に鈍りが生じてしまったならば、復卿のことは小玉にとって軽い存在だといえる。

軽い？　まさか！

仲間の死というのはそれほどに重いもので、また文林の発言はそれほどにうかつなものであったのだ。

けれども小玉が、そこでやみくもに文林を責めるほどには、我を失ってはいなかったのは、自分でも褒めてやりたいほどの冷静さのほかに、文林に対する信頼が多少は影響していたからかもしれない。

小玉はまず慎重に確認することにする。

「文林、『俺のせい』っていうのは、あんたが復卿を殺したってこと？　それともあんたが原因で、復卿が殺されたってこと？」

そう、そこで大きな違いが生じる。


「――伝令だよ！　泰から！」


小玉の言葉の次に響いたのは、文林の答えではなく、外からの呼びだしだった。声に続いてなんの断りもなく、天幕の布ががばりと捲《まく》りあげられる。

礼儀もへったくれもないその行為は、それは捲りあげた人間がよほどせっぱつまっているか、あるいは天幕内部の人間と気の置けない関係かでなければ為《な》しえない。

今回はその両方だった。

「小玉、急いで！」

「……わかった！」

明慧《めいけい》に急《せ》かされた小玉は、足早に天幕を出る。今大事なところだったのに、という気持ちはもちろんあったが、それでもこの行動を選んだ。小玉自身で。復卿を失ったあの戦いで、彼を置いていったのを選んだときと同じように。

終わってしまった事態の追及をしたところで、死んだ復卿が生き返る可能性は万に一つもない。だが今動いている事態を——それの内実を知らないとしても——優先しないと生きている人間が死ぬ可能性は、百に一つどころか十に一つか二つは、あるいはもっと多く発生する。

そんなこと、小玉はよくわかっている。

——追及をやめたわけじゃあない。後に回しただけよ。

そう思いながらも、小玉は自分に対して鬱屈《うっくつ》した思いを抱えた。ああ、自分はまったく嫌な人間になったものだ。

苛立ちが小玉の足を速めたが、今回の場合は急ぐにこしたことはないので、これに限っていえば小玉は心置きなく自分の感情に身を任せた。

明慧に言われた場所は、陣地の入り口近くだった。そこには緊張感をみなぎらせた武官が一人立っていた。帝都でのお留守番組の部下の一人だ。顔に見覚えがある程度には、小玉の部隊で要職を任されているし、小玉たちも信を置いている。もちろん泰も。

その泰が彼くらいの人間を伝令に選んだというのは、はてさてどんな意図があってのことか。

「待たせたわね。そしてご苦労。用は？」

小玉の顔を見るなり駆けよってきた彼は、ものすごく急ぎましたという風体をしている。先ほど見た文林の姿にどこか似ている。違うのは顔の作りと、着ている服が武官としてのものだということだ。彼は仕事でここに来ているわけだ。

「はっ！　こちらを預かって参りました！」

話が早い。小玉がぽんぽんと言葉を投げかけると、彼はまるで剣でも突くかのような勢いで、手にした手紙を差しだしてきた。

「泰からだって？」

受けとった小玉は手早く小刀を使って、封緘《ふうかん》を解《と》きながら問いかける。

「はい、『超絶急いで、なる早で！』と急いだ様子でした」

「おっとぉ？」

耳を疑うような言葉に、手元が狂いそうになった小玉は、危うく自分の指を切りさくところであった。

一度手を止め、相手の目を見て、問いかける。

「それ泰が言ったの？」

相手も小玉の目を見て、断言する。

「言ったんですよ！」

彼の目は雄弁に語っていた。やっぱおかしいですよね！　と。

「なるほどねえ……」

小玉は再び手を動かしながら、彼が急いでやってきたわけも、明慧が急いで呼びだしたときの態度にも納得してしまっていた。

ふだんそんな言葉回し、泰は絶対にしない。小玉だって泰にそんな言い方をされたら、職務の範囲をちょっと超える程度には急ぐし慌てる。泰のことだから、周囲がそんなふうに動くとわかっててそんな言い方をしたのかもしれない。

使い終えた小刀を、小玉は急いでしまった。中には二通分入っていた。

――二通？

少し訝しみながら、小玉は急いで目を通す。

それぞれ二回、読んだ。そうしないと事態を把握できないくらい、ややこしい事柄だったから。

そして目を閉じて、一つため息を落とした。

「……伝令ご苦労。休んでから戻りなさい」

低い声を発した小玉に、「なにが書かれていたんですか？」と聞くほど、この部下はわきまえていない人間ではなかった。

だから、口を開いたのは別のことのためだった。

「聞きました。黄《こう》が……」

彼は最後まで言いきることはなかった。けれども語尾が濁されていても、彼が言いたいことは嫌というほど小玉にはわかる。

「ええ」

頷《うなず》いて、小玉は手にした紙を握りつぶしそうになっている自分に気づいた。だから、急いで懐に手紙を入れた。

自分から守るかのように。

※

小玉を呼びにいった明慧は、去っていく小玉と入れちがいのかたちで、場にとどまる。

小玉の踵《かかと》が消えるのを肩越しに見送ったあと、明慧は前を向く。

ここには今、三人の男がいる。一人は生きていて、もう一人は死んでいて、最後の一人は生きているが生気がなかった。

生きている清喜は死んだ復卿の身を黙々と清め、生気のない文林は心ここにあらずという風情で突っ立っている。

文林については、なんであんたがここにいるんだい、と明慧は思いつつも口にはしなかった。多分伝令が来た事情と関係があるんだろうな、と思ったからだ。それはおそらく、遅かれ早かれ明慧の耳にも入る情報なのだろう。

だから今は、文林がいることに気をとられるよりも、ずっと大事なことを優先しておきたかった。

明慧は二、三歩進んで清喜の斜め横に移動すると、屈《かが》みこんで声をかける。

「手伝うよ」

必要もないのに、密《ひそ》やかな声になってしまった。

一方の清喜は、明るくというほどではないものの、明慧のほうに顔を向けて歯切れよく言う。

「ありがとうございます。それじゃあ白粉《おしろい》をですね……」

「すまない、それについてはあたしは役に立てない……」

膝元《ひざもと》に置いてあった袋を探りはじめる清喜に、明慧は自分の申し出を即時撤回した。彼が化粧道具一式を取りだす前に。

「いや、それでも手伝えと言われれば、それはもう、誠心誠意手伝う所存なんだが、役には、立てない」

慌てて付けたした言葉のせいで、自分でもらしくないと思うが、言いわけじみた言い方になってしまった。

手伝うと言った舌の根も乾かぬうちに、こんなことを言ってしまう自分を、明慧は少なからず恥じる。しかし役に立てないどころか、清喜にやりなおしをしてもらうくらい足を引っぱる自分の姿が目に浮かぶのなら、それをあらかじめ伝えることがまだ誠意ある行為だった。

――どんな技術でも自分とは無縁と思わないで、かじる程度でもいいから身につけておけばよかった。

それこそ今、化粧を施されようとしている男が生きている間に、教えてもらうなりなんなりして。

きっとこいつには思いっきり馬鹿にされただろうな、と明慧は横たわる復卿を眺めながらぼんやり思った。目に見えるようだ……馬鹿にしてくる彼をぶん殴る自分の姿が。

仮想上の恋人が殴られていることを知るよしもない清喜は、やけに優しげに言う。

「あ、そんな高度なことを、明慧さんに頼むつもりは毛頭ありませんから。白粉を溶く水を、汲《く》んできてほしいだけなので……」

これにお願いします、と鉢を差しだしてくる清喜は、こういうときでもやっぱり微妙に失礼であった。

「この鉢だけでいいのかい？　桶《おけ》とか樽《たる》じゃなくていいのかい？」

しかし明慧にとっては、罪悪感を消してくれる頼みであった。そういう頼みを任せようとする清喜の気づかいに、感謝してさえいる。

「この鉢だけでお願いします。もう一回全身洗うんだったら、桶とか樽でお願いしたかもですけど」

「なるほど、任せとくれ。化粧では役に立てないから」

自分の不得手な分野をもう一回強調する明慧に、清喜が苦笑を向ける。

「いいえ～最期の最期で、他の人に復卿さんの顔を触らせたくないんですよね……僕、心が狭いんです」

「いや、まっとうな考えだとあたしは思うよ」

これは明慧を慰めるために言ったのではなく、間違いなく清喜の本音なのだろうが、聞いた明慧は少なからず慰められた。

結局のところ言葉というのは、どういう意図で発せられたかではなく、どういうふうに受けとめられたかが重要なのだ。

よくも悪くも。

「すると……もう復卿の身は清め終えたのかい？」

「はい」

「じゃあ、これも持ってくよ」

ついでに汚れた水を捨てていこうと、明慧は桶を持った。

「あ、それ……ありがとうございます」

「いっぺんに済ましたほうがいいからね」

礼を述べる清喜に、明慧は口の端を少し持ちあげた。

文林はまだ突っ立ったままだ。明慧は彼をちらりと見て、動こうとしないことを確認してほっとした。今の彼はここにいたほうがいい。

人払いをしているここに。


気づかいのできる明慧は桶の汚れた水を、そこらへんではなくきちんと所定の位置で捨ててから、川へ向かった。

戦の最中、特に上の者は衛生を意識する。もちろん切羽詰まったらそれどころではなくなるのだが、可能なかぎりは。

死に方に優劣をつけるのはこの職業では不毛というものであるが、従軍した者たちの死因が戦死ではなく、疫病になってしまったら目も当てられないからだ。

とっさにそこらで吐いてしまうのは仕方がないにせよ、一定期間留《とど》まる場においては、排泄《はいせつ》や体を洗う場所などを軍議できちんと決めながら行軍する。敵の様子だとか、斥候の動きだとかの議題に比べれば優先順位は低いが、真面目な顔で将官たちが話しあう程度には重要なことなのである。

吐くといえば、そういえば昔、吐くことまで気にしていた女性兵が桶を持ってまで従軍したと明慧は聞いたことがある。というか後にその女性と、小玉を通してかなり親しくなって今に至る。

——蘭英《らんえい》さんも、意外にずれてるんだよなあ。

なにかとお世話になっている、王《おう》蘭英女史のことである。さすがに現在の彼女は、桶を携帯しているわけではないが、彼女にもそういう下積み時代があったのである。

桶を持参してまで戦地に行った彼女が出世したおかげで……というか、戦地から何度も戻ってきたおかげで、女性兵は験担ぎの意味で桶を持参する者が一定数いる。出世のためよりは、生還のために。最近は廃れてきたが。

明慧は、我知らず水面《みなも》を見つめている自分に気づいた。

川は初夏の日差しを受けて、光とともに流れている。今明慧が目に映している光景だけを切りとれば、ここが戦場などとは思えない美しさである。いや……むしろ、こんなところで戦争している自分たちが、馬鹿なんじゃないかと明慧は思った。

明慧個人は戦うということ、戦争をするということについて、肯定的な思考を持つ。もちろん弱者をしいたげるのは論外であるが、戦うことで自らの求めるものを得る、正しさを希求するという行為自体は、明慧にとって当然なもののうちの一つであった。その結果生じた犠牲に胸を痛める痛めないは、また別の問題である。

明慧のそういう精神性は、彼女の受けてきた教育に依拠するものである。もちろん受けた教育が間違っているということは世の中にいくらでもあるし、実をいうと明慧は自身に教育を授けた相手である父に対して反感を持っているので、自らの受けた教育について「間違いであった」と断じやすい立場にある。

同時に明慧は、自らの経験で実証したことを重視する性質でもある。彼女はこの件については、受けた教育のとおりにすることによって、文字どおり身一つで生活の糧を得てきたのだ。

その事実が、明慧の主義を彼女の中でよりいっそう強化していたのであった。そう、強いことは、正しい。

けれども、正しいことが馬鹿馬鹿しくないとも限らないのだ。

明慧はあくまでも自らの信条を曲げないうえで、それでいてその信条を否定的に考えてしまう。これは彼女にとっては、かなり革新的なことで（あるいは弱気になっていることで）、そうなってしまう原因は分かっていた。

復卿が、死んだから。

ふと、復卿が死んだのだということを、明慧は心の底から理解した。

もちろん死体を見た瞬間からそれは知っていたけれども、事実を咀嚼《そしゃく》し、飲みこんだのが今この瞬間だった。

かつて明慧は復卿の将来というか、死にざまについて思いを馳《は》せたことがある。遠い昔……というほどではないのが、どこか物悲しい。

数年。

たったの数年だ。

明慧の予想したときから、そのとおりのかたちで彼は逝ってしまった。

覚えず、ため息が出た。

彼は満足して死んだのだという確信が、明慧の心中にはある。けれども「よかったな」という言祝《ことほ》ぐ気持ちも、「よくやった！」という賛美の念も明慧にはなかった。自分でも意外なことだった。

彼が「あのように」死んだのなら、自分はきっと「そのように」思うはずだったのに。

育ち柄、明慧は幼少のころより侠客《きょうかく》という人間に触れてきて、侠気《おとこぎ》というものの価値観に親しんできた。

後に父に対する隔意を持っても、実家から離れても、その価値観をよしとする心は明慧の中から消えていない。それは明慧の父に対する思いとの間で、摩擦を起こすこともしばしばだった。

それくらい明慧の根に食い込んだ概念だったのに、復卿の死はそれをまるで無視させてくれる。なのに、特に嬉《うれ》しくはない。

やろうと思ってやれるものではないそれがあっさりできてしまって、明慧は少なからず戸惑いを覚える。

悲しいわけではなく、怒っているわけではなく、そして寂しいというには少し足りない。明確な喪失感があるわけでもなく、しかし間違いなく自分は失ったものがあるのだと思った。


それは多分、安定というものだ。

明慧にとってあの男はどうしようもない馬鹿だったし、発想も理解に苦しむものがあったし、欠点も山ほどあった。

けれども仕事のうえで、彼になにかを任せて不安になるということはなかった。これから先、彼からしか受けることのできない安心を、二度と感じられなくなるのだということは、ただただ虚《むな》しい。

きっと、小玉が死んでもそうは思わない。

これは明慧にとって小玉より復卿が重要だからなのではなく、自分の中での彼らの立ち位置の問題だ。

小玉に対して明慧は、自分がいなくてはだとか、支えなくてはだとか思っていた。今もそのふしがある。

小玉の死にざまを、明慧はまだ想像しきれてはいない。だが死に方によっては感嘆し、あるいは慟哭《どうこく》し、または激怒するであろう。

それは多分、明慧の成長の中で培われた価値観が、明慧の精神にもたらす情動に違いない。おさえようとしても、おさえられないはずだ。

それとまったく違う感情をもたらした復卿は、明慧にとってまったく意識していなかった「特別」な存在だった。失われてから気づいたというのが、陳腐なことではあるが。

胸に去来するのは悲しみではないから、涙は流さない。けれども胸の中でこう呟《つぶや》く。

——あたしの人生、お前みたいに思える人間は他にいないな。

恋ではなく、愛ではなく、下手をしたら友情ですらない。そういう感情とはまったく別のところで、こんなふうに思える人間は明慧にとって復卿だけだった。貴重であるかは別にして、そんな人間を自分は失ったのだ。

明慧は腕を失ったばかりの兵が、歩くのを見たことがある。失った腕のせいで、体の平衡を失って転びそうになるのだ。これまでは当たり前のように、まったく意識していなくてもできたものが、できなくなるのだ。

自分でも驚くほど、とその兵は言っていた。

腕って大切なんですね、と冗談めかしつつも隠しきれない虚しさが彼にはあった。

実際のところ復卿の死に対する明慧の思いは、語弊はあるだろうがさほどたいしたものではない。けれども小玉にとってはどうだろうと明慧は思う。あのよろめく兵の姿が、小玉に重なった。

その彼女をこれから支えるのは、いずれ小玉を窮地に陥れるだろうと、かつて明慧が予想した男なのだ。

よりにもよって、と思いはする。

自分の予想が外れてくれないかな、と思いもする。

その思いに明慧の願望が混ざっているのは事実だが、「だって実際のところ、そういうものじゃないか」と明慧は感じている。

明慧は自分が凡庸であるとは思わない。けれどもすべての面で非凡であるとも思えない。個人として戦うことについては、自信がある。人を率いるのもまあまあ自信はある。でも人を見る目はそこまでではないし、ましてや将来を予想することなど。

そもそももし自分の人を見る目が非凡だったら、復卿の不祥事の際に、小玉に対して反対することはしなかった。ただ女装した直後については、人を見る目を持っていたらよけいに反対したとは思うが。

復卿については、確かに明慧の予想が当たった。だがだからといって、他の人間のことまで明慧の分析どおりになる保証ができたわけではない。そもそも、分析しようとすること自体が明慧は稀《まれ》だ。苦手分野だと自覚しているので。

誰かのことをよく知っているからといって、その人の未来が「こうに違いない」と当てることができるわけではない。だってその理屈だと、誰よりも自分のことを知っているはずの人間――自分自身だとか、はたまた親だとかが予想したとおりになるはずなのだ。

けれども実際のところはどうだろう。

子どもなんて、親の考えを裏切る成長をするものよと、阿蓮《あれん》なんかは言っていた。そのときはまだ存命だった小玉の兄嫁も同席していて、心当たりがあるとうんうん頷《うなず》きながら苦笑いをしていた覚えがある。

明慧からしてみれば三娘《さんじょう》の息子である丙《へい》は、叔母《おば》である小玉にあまりにもよく似た性格をしているせいで、彼がそこまで親の思いを裏切るような意外性のある成長をしているとは思っていない。けれども親にしか見えないものがあったのかもしれない。

あるいはあのときの三娘は、自分自身のことや、義妹である小玉のことを考えたのかもしれない。

このころの三娘は、医師の手伝いとして頭角を現しはじめていて、確かに彼女の生い立ちからはそうなるとは思えない変化だった。幼少期を共に過ごしていた小玉も、驚いていたくらいなのだから。

その小玉だって、ああいういきさつで武官になって出世するなんて、幼いころの彼女を知る者たちの誰がわかったであろうか。

「そうなる前」の小玉がその片鱗《へんりん》を見せていたのかもしれないと明慧は思うものの、それは「そうなった後」の小玉しか知らない人間の願望のようなものなのだ。後からだったら、いくらでも、なんとでも言えるやつ。「そうなるように育ててあげた」場合以外は、人は他人の思ったようにはならない。

そこまで考えて、明慧は一人苦笑いした。

そういえば自分は、「そうなるように育てあげられるところだった人間」だった。父によって。


物思いにふけっていても動く足は、遅かれ早かれ目的の場所に辿《たど》りつく。

そこには少なくはない数の女たちが集っていた。彼女たちは皆軍属の女で、主に雑用を担っている。明慧も軍に入りたてのころはそうしていたし、小玉も短くはない時期そうしていた。

そんな彼女たちが今行っている雑用は、洗濯である。これについては明慧も小玉も、自分のぶんは今もなるべくするようにしている。

きらきらと輝く川の水は、その光の源である日差しで温まっている。だからだろうか、その水に触れる女たちが暗い顔をしていないのは。

緊張感がないといえば、それまでのことである。

だが騒ぎたてているわけでもないし、なによりいくら戦場とはいえ洗濯の最中まで暗い顔をしているというのは、気を張りつめすぎというものだ。なんでもない瞬間にふつりと切れてしまわれても困る。

「あら、明慧さん」

女の一人が顔をあげて、明慧の名を呼ぶ。気安げな声が示すとおり、明慧とはかなり親しく、たまに一緒に食事に行くくらいの間柄であった。階級は明慧のほうがずっと上ではあるが。

彼女の声を聞きつけて、他の女たちも次々と顔をあげた。

「ちょっと、お邪魔するよ」

それに向かって明慧は手に持った桶《おけ》を、ちょっと持ちあげながら言った。

先ほど水を捨てた桶のなかには、血と泥で汚れた布が残っている。たとえ死人の体を拭《ふ》いたあとの布であっても、戦場では貴重な物資だ。洗うのは後にするにしても、早めに水につけておきたかった。

この布を使われた復卿は、この布が今後再利用されることについて、うげと顔をしかめることもないのだ。

最初に声をあげた女が、桶の中を見て表情を曇らせる。明慧とかなり親しいということは、それだけ長い間軍にいるということであり、戦場の機微に敏《さと》いということであった。

桶の中のものが、なにを示すのか彼女は分かっている。

「黄さん、のね？」

「まあね」と軽く返すようなことでもない。明慧は頷くだけにとどめた。

「……よかったらそれ、あたしたちが洗いますよ」

控えめな声をあげたのは、比較的年若な娘だった。知った顔だが、言葉を交わしたことはないはずだった。

「ほかに……やらなくちゃいけないことが、あるんですよね。きっと」

「え？　そりゃまあ」

あるにはある。水を汲《く》んで帰るという。

だがそれは、洗濯をしてからでも遅くはないはずだし、多少遅れたとしても清喜は別に怒らないであろう。

明慧はふと、思いつく。

もしかしてこの娘は、今小玉が呼びだされたことに関して、なにか察しているのではないか。それで「やらなくちゃいけないこと」があるのではと言っているのではないか。

けれどもそれは、ただの邪推のようだった。

「黄さん……とても、お仕事できた人だから。きっと、その穴を埋めるのってたいへんですよね」

手を差しだしながら言う娘に、明慧はどんな表情を向ければいいのかわからなかった。今ちょっと、故人に思うところができてしまった。

——あいつこんな若い娘さんにも、愛想を振りまいていたのか……。

けれども娘の顔には、寂しさはあっても屈託はあまりなかった。だから復卿と彼女の間柄がそれほど深いものではなかったということくらい、そういう機微に疎い明慧にもわかる。明慧は清喜の立場を思って、ちょっと安心した。あと自分のためにも安心した。今さら復卿を軽蔑《けいべつ》する材料を得たくはない。無駄に精神が疲弊するから。

それにしてもこの状況、故人が慕われていたと思うべきか、それともええかっこしいだったというべきか。

けれども後者だったとしても、復卿が仕事のできる人間だったことも、穴を埋めるのがたいへんになることも事実で、明慧は娘の気づかい自体には感謝している。

「ありがとう。あんたみたいにかわいい子に言われて、復卿は喜ぶだろうよ」

——いや、今のあたし、復卿みたいな言い方したな。

言ってしまってから気づいた。言われた相手も同じことを思ったらしく、「んふ」と、半ば噴きだすように笑った。

「明慧さん、黄さんみたいなこと言いますね」

冗談めかしながらも、ちょっと寂しそうに言われた。

「嬉《うれ》しくないねえ」

きっとここはしんみりするところだったのだろう。けれども明慧は仏頂面になりながら、娘に桶を渡した。

桶の中に水を注ぎこむ娘を横目に、明慧は鉢にきれいな水を汲んで立ちあがった。

「じゃあ、よろしく。あとで受けとりに来るよ」

「他に持ってくものあるから、あたし持ってくわよ」

最初に明慧に声をかけた女が言う。明慧はとっさに断ろうとしたが、思いとどまって
「それは助かる」と返した。

小玉が今なにに動かされているのか、完全に理解しているわけではないが、自分もなるべく体をあけておいたほうがいいだろうと明慧は思った。

鉢を片手に去る直前、明慧が女たちのほうをちらと振りむくと、あの布が洗われ始めているところだった。

きっと、きれいになるだろう。

来た道を戻る途中、ちらと横を見ると小玉がこちらに向かっているのが目に入った。

目的地は自分と同じだ。

ざっざっざっと、一定の速度の早足かつ無表情で突きすすむ彼女の様子には、ただならぬものが感じとれる。

実際今は、ただならぬ事態であると明慧は察している。問題はそれがきっと他者に察せられてはいけないものだということなのだが、今は復卿が死んだ直後。小玉の様子が多少常と違っても、余人は怪しむまい。

色物として扱われることが多く、事実色物としか表現できない輩《やから》であったが、黄復卿という男の能力はかなり高かったし、独特な類《たぐい》の人望もあった。彼が小玉の陣営の要《かなめ》を担っていたことは周知の事実であった。それが失われたことに、小玉に好意的な者は残念がり、敵対的な者は喜ぶに違いない。

明慧が立ち止まると、察した小玉がいささか速度を上げて接近する。

「明慧」

「小玉、一緒に行くかい」

「うん」

言って小玉は、手を差しだす。彼女の「持とうか？」という意思表示を明慧は察したが、渡すことはしなかった。

「いいよこれくらい、今のあんたが持つとこぼしそうだ」

小玉は気まずそうな顔をする。

「そんなにわかりやすく動転してる？」

「あたしには」

などと、いかにも自分たちの関係だからわかるんだというようなことを言いつつも、これって第三者にもわかりやすいだろうけど、と明慧は付けくわえた。心の中だけで。

言ってもどうにもならんだろうし、どうにかする必要性だとか緊急性があんまりないから。そういうところで明慧は一線を引くところがあった。いらんことまで言いがちな小玉との明確な違いであった。

「ふうん」

小玉は明慧を追及することはせずに、鉢の中をちらりと見た。透きとおる水が、陽光を反射してきらりと光る。

二人、並んで歩きながら会話を続ける。小玉は先ほどと同じくちょっと早足で、明慧はいつもどおりの速度で。二人は歩幅が違うから、それでちょうど速度が揃《そろ》う。

「誰か喉《のど》渇いてんの？」

視線を前に戻しつつ、小玉は問う。

明慧は小玉の顔にちらちら目を向けながら答えた。

「いや。清喜がね。白粉《おしろい》溶くんだって」

「ああ……なるほど」

鉢の水の用途を察し、小玉は頷《うなず》いた。

そして、少し心配そうにつぶやく。

「あいつ、他人の化粧なんてできるのかな。手伝ってやったほうがいいかも」

「手伝いね……言っとくけど、あたしは無理だよ」

明慧はきっぱりと言った。

小玉もきっぱりと「知ってるよ」と言いはなつ。「突きはなされた信頼」とでも表現すべきものを感じて、明慧はほっとした。

「あたしがやるのよ」

「できるのかい？……ああ、やったことあったね、そういえば」

「多少はね」

明慧は記憶をさかのぼった。

戦場では仲間の遺体であっても野ざらしにするしかない場合がままある。それでも運よく埋葬する余裕があるときには、女性兵に簡単な死化粧くらいは施してやる。明慧は小玉がやっているのを見たことがあったし、それこそ復卿はよくやっていた。

仲のいい友人のために、わざわざ復卿を名指しで頼む者もいた。自分の手が空いていなくても彼は、化粧品を提供してやることもあった。多分復卿は、彼女たちのためにそれを持ってきてやっていた。

女で兵になるものはたいてい訳ありで、そして金はなかった。だから日常生活はもちろん戦場にまでそんなものを持ってくる人間は少ない。稀《まれ》な一人であった復卿に対して呆《あき》れた目を向ける者もいたが、糾弾にまで至らなかったのは、彼のそういう姿勢をうすうす感じとっていたからだ。

少なくとも、明慧はそうだった。

「もしかしたら生前、手伝ってやったことがあったのかもしれない。復卿のね」

「ありえるね……ところで、来たやつから事情聞いたかい？」

ここで明慧は話を変えた。

小玉が一つ頷く。

「聞いた。というか、読んだ」

「ああ、手紙だったんだ」

「明慧はなにか知ってるの？」

小玉の目が、今度は明慧の方を向いた。

明慧は首を横に振る。

「いや、特には。ちょっと察してるところはあるけど」

「そう……」

「泰は……多分、『あいつ』のことを許せないだろうなってことも」

明慧の言葉を、小玉は否定しなかった。

彼女は残念そうな声を出す。

「あの二人、わりと相性よかったから、あたしは安心してたんだけどね」

「それとこれとは話は別さ。自分のやったことに、責任はとらなきゃいけないんだから。どんなことだってそう。仮にあたしとあんたの間に起こったことでも、あたしはあんたに責任をとらせるよ」

小玉はどこか疲れた様子だったが、明慧は遠慮なく言った。

「そうね……そうよね」

復卿の遺体は、奥まったところにある天幕に安置されている。

「戻った」

「あたしも」

明慧と小玉は口々に言いながら、天幕の中に入った。布をくぐった瞬間、空気が少しひんやりとして、外が意外に暑かったのだと明慧は思った。

この外と陰の下の気温差は、初夏ならではかもしれない。もう少し季節が進むと、天幕の中は熱がこもって、締めきっていると外よりも暑くなる。

またいやな季節が来るんだなあと明慧は思った。豪放磊落《ごうほうらいらく》な明慧は夏が似合うと言われることがたまにあるが、あまり嬉しくない評価だ。個人的には暑いのが嫌いなので、早く冬になってほしい。逆に小玉は寒さが苦手なので、今よりもう少し暑くなったくらいの時季に最も元気になる。

復卿は暑いのも寒いのも嫌いで、今ぐらいの時季か初秋をもっとも好んでいた。

彼がこの時季に逝ったのは、「いいこと」の一つとして数えてもいいだろう。本人の嗜《し》好《こう》の面でも、遺体の損傷が防げるという面でも。

外よりも中のほうが涼しいおかげもあって、復卿の遺体の傷みはそれほど進んでいない。小玉がここをわざわざ用意したかいがあるというものだ。

ここは特別に設けられたものではなく、物品置きに使っていた場所の一部を、小玉の裁量で使えるようにした。たかが物置ではあるが、一武官の死体にこれは破格といっていい待遇である。

仮に兵卒であっても生きている人間の療養のために場所を用意するのであれば、回復する可能性はあるから将来性のある投資といえる。けれども、復卿の場合はそうではない。言ってしまえば、復卿の体がどこに転がっていたとしても、生きかえることはないのだ。ならばわざわざ場所を用意する必要はない。常の小玉の合理的な面は、きっとそう判断しただろう。

だから今、小玉が復卿のためにわざわざ場所を用意したのは、なみなみならぬ哀惜の念によるものだということがわかる。下手をすれば小玉本人は、自分の天幕に復卿の遺体を横たわらせることすらいとわなかっただろう。

さすがにそこまでですると、他の者たちに示しがつかないから、そうならなくてよかったと明慧は思う。きっとそれは、復卿のためと言われたら、彼本人が心底嫌がることのはずだから。今のこの待遇も、復卿はもしかしたら嫌がるかもしれない。小玉だってそんなことはわかっているはず。

——だとしたらこれは、復卿のためじゃない。清喜のため、あたしたちのため……小玉のため。

死者のためではなく、生者のために小玉は動く。そしてそのためという名分であったら、復卿はきっと苦笑いして受けいれるであろう。

よくも悪くも傲慢《ごうまん》なやり方であるが、そのやり方をよしとしているからこそ、明慧は小玉についていっている。

さすがに文林は、依然立ちつくしているわけではなかった。復卿の頭のほうに屈《かが》みこみ、清喜が髪を整えてやるのを手伝っていた。

「はいこれ、頼まれていたもの」

明慧は清喜に鉢を渡す。

「ありがとうございます」

明慧のほうを向いて受けとる清喜に、小玉が声をかける。

「あたしたちは話をするけど、あんたはそのまま続けてて」

「はい」

清喜は頷くと、なにごともなかったかのように鉢を自分の横に置いた。そして小玉たちが入ってきたときから動きを止めていた文林の手から道具をさっと引きぬき、やりかけの作業を再開する。

「あんたは立って」

「…………」

小玉の指示に、文林が無言で応《こた》える。

小玉は文林の両肩を摑《つか》むと、一つ大きな息をつく。

「あんた、えらいことしてくれたのね、文林」

※

小玉が知らされた事情は、頭を悩ませるものだった。

けれども、小玉がもっとも懸念していたことではなかった。文林が裏切り、復卿を死に至らしめたのではないかという。

そこに小玉は、安堵《あんど》と葛藤《かっとう》を覚える。

「泰から知らせが来た。あんた、あいつが止めるのを振りきって、ここに来たんだって？……襲撃のことを、知らせるために」

「……そうだ」

文林が顔を伏せたまま、肯定した。

明慧と清喜はなにも言わない。

ぬぼれたもんね」

「それで？　知らせるのが間にあわなかったから、『俺のせいだ』って？　ずいぶんとう
　小玉は吐きすてるように言いはなった。

「うぬぼれてるもんか。遠因は間違いなく俺だ。泰はそこまで伝えていないのか？」

「そうなの？」

　それは伝えられていない。それは泰の落ち度ではなく、彼が速報性を選んだために情報の取りこぼしが出たのだろう。なにより、手紙という通信手段の問題上、紙面に限りがあるから。

「なにか事情があるの？」

「先の粛清で刑死した奴に、恩義ある者がいる。そいつが今回の情報を流した」

　小玉はひゅっと息を呑《の》んだ。

「……あたしを恨んで？」

　恨みの一つや二つ、覚えはなくても、多分そういう人間はいるんだろうなと思う程度には、自分の行いや立場を理解しているつもりだ。

　小玉の問いに、文林はなんとも表現しにくい笑みを浮かべる。含まれているのは嘲《あざけ》り、といえばいいのだろうか。けれども誰に対して？

「いや、なんて言うんだろうな……お前、ずいぶんと前に、俺を物にしようとした奴から、俺をかばっただろう」

記憶の奥底で眠る事柄をいきなり引っぱりだされ、小玉は怪訝《けげん》な顔をしつつも頷《うなず》く。よりによって、小玉に「文林を差しだせ」とか言った阿呆《あほう》だ。

「そんなこともあったわね」

「そいつが刑死した奴だ」

小玉は喉《のど》の奥で唸《うな》った。なるほどね、とは思った。また文林がわきめもふらずここに駆けつけた心情も納得した。

「そのことって……あんたが見送りに間に合わなかったのと関係ある？」

かすかにではあるが、長らく引っかかっていたことを尋ねると、今度は文林が怪訝な顔をした。

「いや？　それはない」

なんで今、その話題になる？　という顔。

――ないんだ。

「ないのか」

うっかり心の声を口にしてしまったのかと思って、小玉はちょっとどきっとしたが、実際に口にしたのは、これまで黙って聞いていた明慧であった。小玉と同じ気持ちだったらしい。

しかし……関係ないとは。

少し肩すかしを食らった気分だった。しかしささいな要素も、なにもかもが陰謀と結びつくと考えるのも、それはそれで都合がよすぎる（あるいは悪すぎる？）ものだ。だから小玉は、そういうものかと納得した。

気を取りなおし、小玉は再度文林に問いかける。

「あんたは今、自分がどういう立場なのかわかってる？」

文林の声が、硬質なものを帯びる。

「丁憂、だな……」

そう、丁憂なのである。

自宅で、祖父母の喪に服していなければならないのである。

服喪期間中は、一時的に官職を辞し、故人を悼む。これは権利であり、義務である。それもかなり厳しい類《たぐい》の。

丁憂まっただ中の時期に、職務に服するというのは、懲戒による謹慎中に女遊びをするくらいの大問題だ。女遊びというといかにも復卿がやりそうなことだが、彼だってそんなことはしない。むしろ彼だからこそ。復卿が女装するきっかけになったあの一件なんて、この件よりもまだ軽い内容なのだし。

ややこしい話になるが、文林は建前上今官職を辞している。したがって処罰の対象にはならない。だが、丁憂が終わったあとの復職はまず不可能になってしまう。また文林を職務で動かす立場——つまり上司である小玉——は処罰の対象になる。

といってもその危うさは、泰からの知らせで理解したのであるが。

とはいえ、小玉がとりわけ不勉強というわけではない。

そもそも丁憂を真面目にこなさない人間など、小玉は見たことがないので、破った場合どうなるかということはよくわかっていなかった。

長く働いているからといって、規則を全部頭に叩《たた》きこんでいるわけでもない。大きな組織であるなら、なおさらだ。それに小玉の場合、その穴を補う人間がいる。それが泰や文林であった。

穴を補う人間に大穴をあけられるとは、なかなか皮肉な事態である。

「あんたの姿は、もう人に見られてるし、あんたがいる理由を、速やかに班《はん》将軍に説明しておく必要があるわ」

そもそも文林がここまでたどり着いた時点で、すでに隠匿はできない。人の動きは情報として残るものだ。

文林は武官ではあるが、密偵としての訓練を積んでいるわけではない。大体の話、文林がもしそんな素敵な技術を身につけていたなら、今のようなかたちでこの場にいるわけがなかった。

「あんたは、どうしてここに来たの？　あたしが処分を受けるって、あんたならわかったでしょう？」

文林は静かな声で言った。

「命が助かればいいと思った」

「…………」

「お前が、死ぬかと思った。俺のせいで」

「そう」

事実、復卿の申し出がなければ、文林の言葉のとおり小玉が死んでいた。今ごろは明慧が、小玉の死体を清めていたかもしれない。

文林が喉の奥でくっくっと笑いながら、自嘲《じちょう》の濃い声で言う。

「間にあわなかったな」

「間にあわなかったわね」

小玉は同意し、再び問いを発する。

「文林。最悪あんたとあたしは一緒に首を切られる。その覚悟はできている？」

「ああ」

「まあ、本物の首じゃないだけましだけど」

彼が頷くのを見ると、小玉は懐から一通の手紙を取りだし、文林の胸に叩きつけるようにして押しやった。

「小玉？　これは……」

「読みなさい。そしてそれを持って……あたしと一緒に班将軍のところに報告しに行くわよ」

小玉は踵《きびす》を返す。文林が後に続く気配を、背中で感じとった。

部下のやらかしたことに責任をとる上官として、小玉は背筋を伸ばして歩を進める。けれども内心では、沼地を歩くように心もとない気持ちだった。

もうだいぶ前に、小玉は一人の部下を失ったことがある。

範精《はんせい》という青年のことは、大方の人間が忘れているし、そもそも知らない人間だって増えてきた。生前もそれほど目立つ人間ではなかった。

業腹なことに、小玉だって思いだすのも稀《まれ》になってきている。けれども彼の死を前にして思ったことは、小玉の中で常に息づいていた。

そのはずだった。

部下を守りたい——動機というものが植物の形をしているのであれば、それは小玉が軍で働き続けるための根っこに該当するものであった。

もちろんそれだけで、小玉の動機が構成されているわけではない。大根と違って、小玉の根っこはずいぶんと分岐しているものだから。だからそのうちの一つが失われたとしても、小玉はまだ立っていられる。戦っていられる。

でも間違いなく今日、自分の根っこの一つが腐りおちた。

小玉はそう認識した。

かつて自分は、部下を守るために強くなりたいと考えて、そのために動いたし、動きに見あう出世をした。そして一人の部下を助けたつもりだった。

けれどもそのせいで、一人の部下を失ったのだ。

その事実に、自分には怒る資格も、悲しむ資格もないとわかっている。

けれどもそれじゃあ、自分にはなにをすることが許されているのだろう、残されているのだろうと小玉は思った。

ずぶずぶと、沈みながら歩いていくことだけなのか。

※

「これまでずいぶんと、甘やかされたと見える」

声こそ穏やかではあったものの、班将軍はたいそうお怒りであった。

小玉が不可抗力で敗走し、頼りになる部下を失ったことを彼はもちろん知っているし、彼なりに気づかいをしてくれた。復卿の遺体を清めて、別れを惜しむための時間と場を作れたのは、彼のおかげでもある。

しかしそれはそれとして切りかえて、締めるところは締める。

非常に真面目なお方なのだ。

いい武官でいい上司だよな、と小玉は思いながら、頭を下げる。斜め後ろの文林も同様に頭を下げたのであろう。衣《きぬ》ずれの音が聞こえた。

「小官の教育不足です」

「そのとおりだな」

「したがって、責は小官めが」

いかようにでも、と言うと班将軍は少し黙ってから口を開いた。

「だがその張《ちょう》……泰とやらは、所属は軍であってもその実文官だ。厳密にはお前の部下ではない」

つまり、責任を泰にとらせようかと班将軍は言っているのだ。小玉は無礼と知りながらも、即座に「お言葉ではございますが」と声をあげた。

班将軍の言葉を遮る無礼に、彼の副官がじろりと睨《ね》めつけるが、小玉はかまわず言葉を続ける。

「彼は長年小官の指示に従い、意を汲《く》んで動いてきた者です。したがって彼の行いは、やはり小官に責任があるかと」

これで小玉だけが罰を受けるならばまだいい。文林だけが切りすてられたとしても……それはそれで、一つの着地点だ。彼については別に死ぬわけではない。陥れられたというわけでもなく、やることをやって処分されるというだけなのだから。

けれども泰が、しかも彼だけが責を負うのは間違っている。

「よって……」

「まあ待て」

今度は班将軍が、小玉の言葉を遮る。とはいえ小玉とは違い、この場でもっとも上位である彼はそうすることが許されている。

「確かにその周《しゅう》が、この用事のためだけにここに来たとあれば、それは問題だ。実に。だが違うだろう？」

「……はい」

班将軍が持っている手紙——先ほど小玉が文林に押しつけたものには、こう書かれている。

奇襲の計画について耳に入れたが、信頼できる人間にこの情報を任せようと思った。そこで、父祖の地に詣《もう》でるという文林にこの情報を託すことにする。

署名は張泰。泰は文林の移動は「ついで」であるという方便を交えつつ、自分の責任となる内容の文を伝令に渡したのだ。

この自ら泥をかぶる内容の文のおかげで、今文林がここにいるのはあくまで「ついで」

であり、孝の道に背いていないことになった。そして責任は小玉ではなく泰のものとなり、泰の所属という特徴が責任の所在を曖昧《あいまい》にしてくれた。

それでも小玉が自分に責任があると繰りかえすのは、やはり、この件で泰が処罰を受けるべきではないと思ったからだ。

彼はこの件で、なにひとつ悪いことをしていない。

それなのに小玉が班将軍に正直に事情を告白しなかったのは、もしものことが頭をよぎったからだ。

もし文林が間にあって、復卿が生きのこる……なんてことがあったなら。小玉は感謝の意を以《もっ》て、全力で文林をかばったに違いない。なら、失敗したからといって文林を窮地に追いやるのか……。

それっておかしくない？

そう思うと小玉は、もっとも累がおよばない方策を選ばずにはいられなかった。

「そういえば先ほど、帝都からもう一名使いが来たようだが？」

先ほどの小玉への指示書と、文林が持ってきたことにした手紙を携えた部下のことである。

陣地の前で受けわたしをしたのだから、それはもう目立つ。

けれども小玉は慌てず騒がず、淡々と述べた。

「この件について張泰本人が、『あまりの事態の大きさに動転してしまい、礼法に背くことをしてしまったとあとで気がついた。行軍元帥である班将軍にご指示を仰ぎ、自分の処罰について沙汰《さた》を受けてほしい』と申しておりまして」

これも泰の工作の一つだ。隠そうとするとよけいに目立つものだから、思いっきり目立たせても不自然ではないようにする。

ついでに自分自身の減刑も図る。たいていの場合、自分から申し出たほうが罰は軽くなるものだから。彼については、やってもいないことに対する罰であるが。

「うむ……自ら気づいたのならば、まだましか。しかも襲撃に対する報告自体は、むしろ褒められてしかるべきだ」

半ば独り言のように呟《つぶや》いて、班将軍は考えこんだ。

これを宮中のこととするか、戦場のこととするかで泰に対する処分はまた変わってくる。

戦場のことについては、その指揮官に裁量が任されているからだ。

往々にして軍令は厳しいものであり、特に略奪や命令違反に対しては間違いなくそのとおりである。

だが、そのどれにも当てはまらず、なおかつ複雑な事柄については、むしろ宮中よりも融通がきいてしまうことがある。復卿の遺体に対する厚情なんていうのはまさにそれだし、小玉が今彼に持ちこんだ問題もその類《たぐい》に属する。

要は、班将軍の裁量次第だということだ。

真面目な彼にとっては、おいそれと決めてしまうことはできないのだろう。王《おう》将軍なら即決するだろうが。

ややあって班将軍が口を開いた。

「この件については、帝都に戻ってから検討しよう」

非常に疲れた様子だった。

問題を先のばしにしたなと、批判的に思える立場ではない。小玉は申しわけなさに、何度も下げた頭をもう一度下げる。

「いい、いい。お前も今は、戦に専念しろ」

「……かしこまりました」

小玉はためらいがちに頷《うなず》いた。

続いて班将軍は、ここで初めて文林に直接声をかける。

「それから周」

「はい」

「間にあわず、さぞ悔しい思いをしただろう……父祖への祭祀《さいし》に向から途中ではあるが、黄を見送ってやれ。関《かん》の部下同士、旧知の仲であろう」

「……ご厚意に感謝申しあげます」

文林は拱手《きょうしゅ》した。小玉も同じ礼をとり、深々と頭を下げた。

彼はいい武官だし、いい上司だし、いい人でもある。

その相手を自分は騙《だま》したわけだ。

しかも度しがたいことに、小玉は相手が王将軍でなくてよかったと思ってすらいる。もし大恩ある王将軍を騙したとなったら、いたたまれなさに息も出来なくなる思いになっただろう。

じゃあ班将軍はいいのか、という話になる。もちろんいいわけがない。

だから小玉は、そういう自分の不届きな心構えを罰するということも含めて、班将軍にはなるべくしっかり自分に罰を与えてほしいと思っていた。

もちろん、口に出して言うことはできないのだけれど。

※

文林の中には、疲労感があった。けれども徒労という気はしなかった。

斜め向かいに座る小玉の顔も、疲れている。彼女は物思いに沈んでいるようだった。

彼女の表情を眺めていると、文林の顔の横にずいと椀《わん》が突きだされる。

「あ、これご飯です」

清喜だった。

「悪いな、準備させて……」

本来ならばいるはずのない文林の食事を都合させるために、多少とはいえ彼の手を煩わせたことに、文林は素直に礼を述べる。

「問題ないですよ。これで肉なら多少は小言食らったかもしれませんが……ま、喪中の人が食べるようなものですから」

言われて椀の中を見ると、とりあえず煮ましたという穀物のかたまりが、ぐったりと横たわる人間のように納まっていた。

文林だって軍人だ。戦場で食べるものに文句をつけるわけがない。それに確かに喪中の人間は肉や臭いの強いものは食べられないので、最大限気をつかわれた結果がこれだというのならば、文句どころか褒める方向に持っていきたい。

そうして絞りだした言葉が、これ。

「……消化に良さそうだな」

「そうですよね、腹持ち悪いと思うんで、焼いたのもありますよ」

しかしせっかく頑張って褒めた言葉は、清喜によって一瞬で逆転させられた。

「……そうか、もらう」

文林は少し黙ってから素直に頷いた。腹に溜《た》まるものは確かに欲しかった。

清喜は練った小麦粉を平らにのばして焼いた餅《へい》を半分に割って、文林に渡す。初見、ずいぶん大きいなと思ったが、なるほど二人分のものだったらしい。

「はい、どうぞ」

清喜の前には、文林と同じ穀物の椀がある。その上に、半分に割った餅の片方が折りたたまれて無造作に置かれた。

当然文林は、不思議に思う。

「お前も、俺と同じものを食べるのか？」

「僕、厳密には復卿さんの家族じゃありませんが、家族のつもりですから」

復卿が死んだ直後である。もしこれが冗談だったとしたら、文林は清喜を容赦なく張りとばしただろう。しかし彼は冗談ではなく、本気で言っていた。

本気で、復卿の喪に服すつもりでいた。

だから文林は「そうか」とだけ返した。

「そうか」だけで済まさなかったのは、明慧である。

「清喜、止めはしないけどあんた、戦場にいる間だけはちゃんと肉食べな。いざというときに力出なくて死んだなんてことになったら、復卿の死を悼むとか以前の問題だよ」

「そうなってもいいなって、思ってるところはあります」

文林の見ているかぎり、復卿の死に対して涙の一つも零《こぼ》さない清喜であったが、今淡々と答える彼を見て、彼に悲しみがないなどと文林には思えなかった。

けれどもそんなことを思うのは、文林だけが持つ感傷によるものなのかもしれない。

「そうなったら、小玉の負担が増えるって言ってるんだよ」

「食べます」

なぜなら明慧はすぱっと切りすてたし、清喜も素直に切りふせられてしまったから。今自分の胸によぎって、一瞬で消えさったなにかを返してくれ。

「おい……」

さすがに口を挟もうとした文林に、明慧は存外冷たい目を向けた。

「いいんだ。復卿はこのほうが喜ぶ」

「明慧さんの言うとおりですね。僕、ちょっと動転してました」

清喜も清喜で、明慧に完全に同意した。

小玉はその是非についてなにか自分の意見を述べることはなかったが、清喜に自分の椀を差しだす。

「肉食べるなら、あたしのちょっとあげるわ」

「ええ～？　閣下からもらえませんよう」

「代わりにその煮たのちょうだい。ちょっと食べたいから」

「あ、ならいいですよ。そういえば閣下、粥《かゆ》のほうが好きでしたもんね」

清喜はあっさり納得して、椀の蓋《ふた》のようになっていた餅を片手で持ちあげ、もう片方の手で自分の椀を小玉に差しだす。

「そうね。故郷だとこっちのほうがふつうだったし」

小玉は椀の中から肉の塊を二つ三つつまんで、清喜の椀の中に入れ、代わりに煮た穀物を指先でひとすくい自分の椀に移した。当然の帰結として小玉の手に粥がこびりつく。小玉はそれを口に運んで、「うま」と呟いた。

「あたしは焼いたほうが好きだから、あんたそれと交換して」

帝都育ちの明慧は、清喜の手から餅を取りあげると端っこのあたりを千切りとり、残った部分の上に肉を置いてから、清喜の手に戻してやる。その拍子に肉が一つ転がりおちそうになり、場は一瞬妙に賑《にぎ》やかになった。

「あっ、あっ」

「おっと危ない」

清喜のためにあえて分け与えてやった……という感じが漂ってこなかったのは、小玉も明慧もかなりしっかりと清喜から自分のぶんをせしめているからだった。

多分これは、二人とも本当に食べたくて交換している。

「あんたも冷めないうちに食べな」

小玉は文林にそう言うと、今度は肉のほうに手を出す。文林も自分の椀に手を突っこんで食べはじめた。冷めないうちになどと言われたが、すでにかなり冷めているから、箸《はし》や匙《さじ》なんてものは使わない。洗い物が増えるうえに、そもそも人数分の箸や匙を持っていくのはえらく手間になるからだ。

だから下っ端の兵卒は、そこらへんの木の枝を折って代わりに使うこともある。うっかり毒のあるものを使って死にかけるという事故も実は起こりえるので、戦場は力だけではなくささやかな知識でさえも自分を助ける武器となる。

本当はそういう事態が起こらないように、軍という組織全体で働きかけられたらいいのだろうが、そんなことに思いいたる者なんていないし、いたとしてもそこまで細かいことまでできる余力はなかった。小玉も文林も含めて。

今の小玉くらいの地位なら、ある程度ちゃんとした食器を戦場でも使えるはずだった。しかしこの点に関して彼女は、兵卒と同じ食事を同じように摂《と》ることを強く希望していた。あまりこだわりのない彼女にしては、珍しいことに。

「あ、これ馬の肉？」

肉を口にした小玉が、声をあげた。

「怪我《けが》したの潰《つぶ》したんだって」

明慧の説明を聞いて、小玉はしみじみと嚙《か》みしめながら言う。

「そうか……ありがたく食べないとね」

その流れで彼女は、別の馬の話を始めた。

「そういえば、あたしの馬もそろそろ引退の時期かなって思うんだよね」

小玉の今の愛馬は、かつて文林が運動させてやった甲《こう》でも乙《おつ》でもなく、沈賢恭《しんけんきょう》が贈った馬である。いい馬であるが贈られた時点でそれほど若くなかったため、引退の話が出るのはおかしいことではなかった。

今でなければ。

「馬肉食いながら言う話じゃないね」

明慧が憫笑《びんしょう》を浮かべながら言う。その感情は、いったいなにに向けたものなのか。

「え、そう？　あたしの中ではわりと、順当な話の流れなんだけれど」

清喜も明慧と似た表情を顔に浮かべながら、器をことりと置く。

「僕やっぱり、肉食べなくてもいい気がしてきました」

「えっ、食べなさいよ」

そんな中文林が黙々と自分のぶんを食べているのは、小玉に呆《あき》れきっているからではなく、ましてや「自分も肉食べたい」という気持ちになっているからでもなかった。

彼は今、馬のことを考えつつ、自分の行いを振りかえっていた。

結局のところ自分は間にあわず、そして結果的に小玉の立場を難しいものにした。だがやはり、知らせるために自分が動いたのは正解だと思ってもいた。

軍が伝令を出せば、確かに早く知らせが届く。けれどもそれには申請がいる。費用対効果の面で考えると、早馬というのは気軽に出せるものではないからだ。

馬というのは生き物だから、ずっと高速での移動はできない。潰れる前に駅で乗り換える必要がある。それも複数回。

足の速い馬はそれだけで貴重なもので、政治的・軍事的な見方をすれば兵卒一人二人よりもはるかに価値がある。それを何頭も用意しあちこちの駅に待機させるというのは、維持費だけでも莫大《ばくだい》なものである。

「早馬を出せ！」という一言で、伝令を動かせる立場の人間は確かにいる。だがそういう人間が命令を発したとしても、本人もしくはその部下が（事後になる場合もあるが）きちんと手続きを踏んでるから出せるのであって、どんな場合でも言うだけで動かせるものではないのだ。

あいにく文林個人は、「早馬を出せ！」の一言で伝令を出せるほどにも、また手続きを事後に回せるほどにも偉くはなかった。緊急性が高ければ、後者についてはできなくもなかったが、緊急性を説明するのもまた時間がかかることを考えれば、正規の手続きを踏んだほうが早く終わった。

けれども文林はその時間さえも惜しかった。喪中の文林が申請できず、泰経由でやらなくてはならないことを考えると、なおさら。

文林が小玉たちの見送りに遅れたことと今回のことに関係がないと言ったのは、よくよく考えると、嘘《うそ》になるなと文林は思った。

関係はある。直接的なものではないが。

あの見送りの日、文林は皇太子・棣《てい》に呼びだされ、宮中で先日行われた粛清の対象について忠告をされていた。かなり前とはいえ、お前の直属の上司を左遷した人間が刑死したわけだから、いらん腹を探る奴がいるようだ、気をつけておけ……と。

まるで図ったかのように……というか、実際図ってその日に文林は呼びだされていた。なぜなら丁憂で実家に籠《こ》もっている文林が、非公式とはいえ参内する日が他になかったからだ。

そんな事情で、宮城にいる皇太子と城下にいる文林は、しばらく接触できなかったのである。そして宮城に住まう皇太子は、わざわざ文林に会いに行くためだけに、お忍びで城下に行くようなことは思いつきもしないようだった。

護衛はさぞ仕事がやりやすいことだろう……若干の八つあたりを込めて、文林は内心で少し毒づいたものだった。

そんな情報は、文林の耳にまだ届いていなかった。宮城から離れたことはもちろん、喪中であるという制限によって、文林が得る情報の精度は常よりもはるかに落ちていたし、なにより皇太子という強力な伝手《つて》がなければ、文林はただの「事務処理が得意な一介の武官」でしかなかったからだ。

賄賂や汚職のような手段に手を染めず、自分の出自も伏せたまま、まっとうに自分の力だけで勝負したとしたら、運が味方したとしても、自分はただの「事務処理が得意な一介の武官」以上のものにはなれないという認識が、すでにこのころの文林にはあった。自らの能力の限界を、客観的に受けとめていたといえる。

それはともかくとして、出された名は文林にとって聞いて嬉《うれ》しいものではなかった。粛清で死んだ時点では、個人的に嬉しくはあったが。

かつて小玉を左遷した相手で、原因は文林――そんな相手だ。

彼が死んだ時点では文林はまだ宮城にいたので、当然だがその時点で遺族等《ら》の動向は慎重に窺《うかが》っていたのだ。

けれども一族もろとも処刑されていたため、遺族と呼べる人間はほとんどおらず、親交のある者たちも、処刑にかなり直接的に関与した相手――沈賢恭に対する隔意が主で、故人が相当昔に左遷した相手である小玉に対してまで、どうこう考えることはないようだった。

沈賢恭と小玉が親しい関係であることは、文林も明慧に聞くまでわからなかったように、意外に知られていない。これで賢恭が動いた理由は小玉のため……などという流言が飛び交うことになれば、小玉に向く目もあっただろうが、そんなことも特に起こらず、問題なしとその時の文林は判じた。

その時に少し気になったのは、故人が私生活では、主に子どもに対して意外に善良であったことだ。悪事の隠《かく》れ蓑《みの》ではない純粋な善行をいくつか知って、文林は複雑な気持ちになったものだった。

自分の嫌う人間は悪人であってほしい……多くの人間が思考において持つ悪癖を、文林もまた持ちあわせていたようだった。

「今さら……？」

本来ならば小玉たちの見送りには間にあうはずだったのに、文林が結局行けなかったのは、急ぎこのことを調べるためだった。そして調べた甲斐《かい》はあった。

結局間に合わなかったが。

小玉たちが出立したあと、文林は泰を巻きこんで本格的に調査に乗りだした。そう言えば聞こえはいいが、実際に動いたのはほぼ泰である。喪中の身がやっぱり邪魔をして、文林はほとんど出歩けなかったからだ。

実を言うと現時点の文林は、襲撃にまつわることについて全貌《ぜんぼう》を把握しているわけではない。ただ小玉は結果的に本人が襲撃に巻きこまれたせいで、直接的な復讐《ふくしゅう》の対象であるように見えてしまうが、実は違うのだということはわかっていた。

例の色魔——文林は粛清で死んだ元高官のことを、内心でそう呼んでいた——の関係者の一人は確かに動きだしていた。けれども小玉目当て、というわけではなさそうだった。今さら動きだしたのは、誰かに教唆されているからだということ、そしてその相手が小玉を主目的にしているわけではなさそうだということ。

けれども、小玉が巻きこまれる可能性が高いということ……襲撃がある。

それを知った時点で文林は、その「誰かとやら」の調査を泰に任せて、飛びだしたのだった。

この件について小玉は、おまけのような形で巻きこまれたと文林は見ている。色魔に恩義を感じている輩《やから》は、小玉を露骨に恨んでいるわけではないが、小玉が巻きこまれてもまったく痛痒《つうよう》を覚えない立場だ。だから首謀者に、協力者として選ばれたのだろう。あるいは利用された、か。

悪縁が重なりに重なって、小玉は命を脅かされたことになる。けれどもその悪縁があったからこそ、文林は今回の件を事前に摑《つか》むことができたのだ。

けれども文林には悔いがある。もっと早く摑めたはずだった。そうすれば、小玉たちの出立前に事は片づいていたかもしれない。そういう思いで、心が逸《はや》って馬を駆ったことを文林は否定できない。

けれども決して衝動で動いたわけではない。文林には彼なりに合理的な判断のもと動いていた。そして、文林ほど合理的な人間なりの「合理的」というのは、大抵の人間にとっても同様のはずだった。

つい先日亡くなった文林の祖父は、帝都でも有数の豪商だった。彼が遺《のこ》したのは金だけではない。ある場合において、金よりももっと価値があるもの——流通だ。今回文林は、その価値ある遺産を大いに享受させてもらった。

そして今に至る。

だから今回は彼が個人的に動いたからこそ、誰よりも早く動くことができたのだ。結果的に間にあわなかったとしても、その事実だけは揺らがない。

だから文林には確固たる思いがある。

——俺は間違っていない。

小玉が望んでいるとか、喜んでいるとかは、この際文林にとってはどうでもいいことだった。

翌日の復卿の埋葬は、雨だった。

葬る人間の心情のうえではふさわしい天気かもしれないが、穴を掘って埋めるという作業のうえでは、「あいにくの」という表現が似合う天気である。時節柄、雨が降るとぐっと冷えこむうえに、雨を浴びたまま屋外にいると体から熱が奪われていく。

救いは、雨脚があまり激しくないことだろうか。けれどもそこらに生える若草がしっとりと濡《ぬ》れ、穴を掘る作業が進むにつれて辺りに水と土の匂いがむわりとただよい、今雨が降っているということを感じさせる。

でも、悪い匂いではない。死臭を少しでもうち消してくれるのであれば、ありがたい。まだ夏ではないといっても、すでに麻痺《まひ》した鼻にも訴えかけてくるくらいには死体は傷んでいた。

大きく掘られた穴に、死者たちが次々と運びこまれる。復卿もその一人であった。死化粧は施したものの、服装は簡素なものであって、愛用していた甲冑《かっちゅう》も武器も共に埋めることはない。これに関していえば、貴重な物資は限界まで使いたおすためという世知辛い理由によるものではなく、掘りかえされるのを防ぐためであった。

獣ではなく、人間から。

生活に困っている者たちが、野ざらしになった死体から身ぐるみ剝《は》ぎとって売りはらうというのはよくある話だ。多少深いところに埋められた死体でも、平気で掘りかえされてしまう。

それだけでも嫌な話として充分成立するが、そういう手合いが掘りかえしたあとの死体を、きちんと埋めなおすような律儀なことをしてくれるわけがないというあたり、輪をかけて嫌な話である。

誰だって戦友には安らかに眠ってもらいたい。だからこの穴に金目のものは、一切入れないのだ。

今こうして開けたところで復卿たちを葬っているのも、どこかで見ているであろう地元の人間だか、山賊くずれだかに、それを見せつけるためだ。この穴にはうまみはまったくないから気にするな、と。

墓穴に横たわる復卿の青白い顔は、どこかあどけなかった。それが雨で徐々に濡れていく。せっかく化粧されたのに、このままでは崩れてしまう、と文林は思った。

——それはよくない。

彼の女装癖について、ふざけた奴めと思っていたが、彼がそうであることを自分は自分なりに受けとめていたらしい。

だからかぶせられていく土で復卿の姿が消えても、これでいいのだという気持ちになっている。雨で化粧と髪型が崩れる姿を万人の目にさらすよりは、今の姿で土の下で眠り、誰にも見られず朽ちるほうがいい。

文林は、そうも思ったのだった。

死者を埋めたところで、人々はその場から離れる。そして何頭もの馬を放って、墓の方へ追いやった。

埋めたばかりでまだ柔らかい土を、馬の蹄《ひづめ》で踏みかためるのだ。これについては、獣が掘りかえさないようにするための措置だった。

馬が数回通ったあとの大地は均《なら》されて、掘りかえした土の色以外では周囲と差はない。やがて色も周囲となじみ、草花が生え、埋めた本人たちでさえどこに埋葬したかわからなくなるだろう。

「終わったね」

「ええ」

明慧と小玉が静かに呟《つぶや》く。

その背中に文林は、足下に置いていた荷物を肩にかけながら言う。

「じゃあ、俺は行く」

二人がくるりと振りかえった。

「ん、気をつけて」

「道が悪い。無理をするな」


結局文林は、泰がでっちあげた事情に全力で乗っかって、祖父の先祖の故郷まで本当に行くことにしたのである。

足りなくなった路銀を、よりにもよって小玉から借金して。

「金は必ず返す」

「わかったわかった、とにかく早く行って」

もう何回目かになる決意表明は、何回目であっても文林にとっては真剣なものだったが、小玉にとっては聞きあきたもののようで軽く流されてしまった。

雨音が聞こえる。

※

丙が布団に潜りこんでも、まったく眠れなかったのは、その音がうるさかったからではなかった。けれども冴《さ》えわたる脳裏で響くその音は、やけに気になってしまう。単調なそれに聴きいっていても、全然眠くならなかった。

最近、なかなか眠れないし、眠ったとしても粗相をしてしまうことが増えた。布団を汚すことなんて、何年も前に終わっていたはずなのに。

それを始末するのはこの家の世話をしてくれる老夫婦で、恥ずかしいし、仕事を増やしてしまうのが申しわけないしで、丙はより眠れなくなってしまった。

けれども弱音なんて吐けない。今いちばんたいへんなのは、丙ではなく叔母《おば》のはずなのだから。

叔母が戦いを生業《なりわい》としていることを丙は知っていたし、そのことをすごいと思っていた。友だちにもすごいすごいと言われて、鼻が高い思いをしたことがある。けれども実際に叔母が戦場へ向かうのを見送るのは、丙にとって初めてのことだった。

もちろん家に、丙一人で留守番しているわけではない。老夫婦がいてくれるが、彼らと過ごすようになってからまだそれほど経《た》っていない。

丙の母である三娘が逝ってまだ間もなく、丙自身はまだ喪中だ。「死」というものが、丙の意識の中に常駐している時期だった。だから叔母の出征のことを聞いて、彼女の戦死を連想するのは丙にとってたやすいことだった。

丙が懐いていてよく遊んでくれる清喜という青年も、叔母に随伴していった。丙は、彼の死もまた想像してしまった。


——ほんとうに、二人とも死んじゃったらどうしよう。


夜、一人布団に潜りこんでいると、そんな思いにとりつかれてしまう。

目がじわりと濡れそうになって、丙は慌てて深呼吸した。自分に言い聞かせる……泣いてはいけない、泣いてはいけない。

息が震える。身も震える。

なんだかとても寒かった。叔母に連れられてきたこの地は、丙が生まれた村よりずっと北のほうにあり、初夏になっても丙にとっては肌寒いと感じることがあった。でも今丙が寒いと感じているのは、そのせいではなかった。

寂しくて、怖い。

「早く帰ってきてよ……」

呟きが、喉《のど》の奥から転がりでた。誰に聞かせるでもなく、けれども叔母たちに聞こえていたらいいなと思った。

——帰ってきて、帰ってきて。

口に出すと存外気持ちが落ちついてきて、涙は止まったが、同時にこみあげてきた一つの思いを止めることはできなかった。

——帰りたい。

あの家に。

祖母と母がいたころに。

叔母の心配なんて、特にしていなかったころに戻りたい。顔も知らない叔母のことが嫌いだったあのころのほうが、今よりもずっと気楽だった。

「帰ってきてよぉ……」

雨は一向に止《や》む気配がない。

※

班将軍はいい上司だし、いい人である。

小玉はそう思っている。

だが問題をうやむやにして、処分をなかったことにするようなことはもちろんしないし、問題を先送りにするような生ぬるい人間ではない……だからこそ、いい上司でいい人なのであるが。


彼は戦場から帝都に戻ってからすぐ、泰を呼びだして事情の聞きとりを始めた。

面談の際に、「では行ってきますね」と真面目な顔で手を振った泰に、小玉も不安な気持ちを抑えながら手を振りかえしたものだ。

なお墓参りに行った文林は、まだ戻ってきていない。

どうやらけっこう金をばらまきながら戦場まで来た文林は、路銀が足りなくて小玉から金を借りることになった。

小玉は踏みたおされる心配を、まったくしていなかった。文林本人の誇りにかけて絶対返してくれるに決まっているし、そもそも借りたこと自体だいぶ文林の誇りを傷つけたらしく、返す返すとしつこいくらい言われたほどだから。

そもそも今回、彼が戦場まで来るためにばらまいた金は自費だというのだから、そこまでして小玉を助けにくるような輩《やから》が、小玉からの借金を踏みたおすわけがない。

――いや本当に……自費でよかった……公費だったら横領で、死罪になるところだった……。

文林はそんなへまをするような奴ではないはずだったが、今回戦場まで来たというやらかしがあまりにもひどかったので、今の小玉には「そんな奴じゃない」と断言できないところである。

それにしても事情が事情とはいえ、こいつに金を貸すなんて事態、二度と来ないだろうな、なんてことを思っている。なかなか貴重な経験だ。

ところで当初の小玉は、金を貸すのではなくあげようと思ったのだ。文林には家の手配のような私的なことまでお世話になっているし、小玉が単純に金銭の貸借を嫌っているせいでもある。小玉は踏みたおされそうな状況で金を貸すくらいなら、金をあげたうえで、以後の縁を切るほうがいいと考えるほうであった。

なにより今回、文林は結局小玉を助けられなかったわけだが、小玉のために自腹で来てくれたわけなのだから、それくらいの金を支払うくらいの度量を小玉は持ちあわせているつもりだ。

けれども文林の猛反発を食らって、結局借金について、小玉側に都合のいい内容の証文を作る羽目になった。実にらしいいっちゃらしい律儀さである。

けれども小玉にしてみれば戦地でずっと証文を保管するのは、非常に面倒くさかった。紙と同衾《どうきん》するくらいなら、家族の手紙のほうがずっといい。でも管理を怠って証文を紛失してしまったら、文林に怒られるのは明白だった。

——証文無くして、債務者に怒られるっておかしくない？

そんな疑問を抱えながら戦う経験は、それこそ二度とない。


「あー……泰、今ごろなに言われてるんだろ……」

形こそ自分の机に向かっているが、目の前の書類が一向に片づかない。泰のことを思うのであれば、今はこの書類を始末するのが彼を最も喜ばせるはず……なんて思いながら臨んでいるはずなのに、まったく進まない。いつも死んだ目をしながら書類を処理しているが、そのときよりも手につかない。

　頭を両手で抱えながら、小玉は大きくため息をつく。

　そこに清喜が、気づかわしげに声をかける。

「閣下、お疲れでしたら明日の件は……」

「いや、疲れてるってわけじゃないから」

　今のため息は、泰のことが気がかりで出たものなので。

「それに気にしないで。あたしが行きたいんだし」

　それに確かに疲れてはいるが、肉体的なものというよりは気疲れといったほうが正しかった。


　明日は、復卿の遺品整理をしにいく。

　復卿は、小玉に遺書を預けていた。これは復卿がとりわけしっかりしていたからではなく、他の部下たちも同様のことをしている。それもかなりの数。もちろん明慧もその中の一人に含まれていて、たいていは家族と縁が薄い者であるが、既婚の者もまあまあの数、小玉のところに預けている。

とはいえ小玉にしてみれば、戦場においては自分の証文を保管するのも面倒くさいくらいなのだから、そんなところまで部下の遺書（しかも複数）を、毎回ほいほいと持ちだせるわけがない。

それに他人の遺書に気を取られてうっかり命を落とし、自分の遺書が活躍することになったら、歴史に名を残すことになりそうだ……笑いものとして。人々に笑みを提供するというのは悪いことではないが、せめてやりかたは選びたい。

なにより預かった遺書を抱えたまま小玉が戦死したうえに、預けたほうも同時に戦死しようものなら、遺書の所在について混乱が発生するのは想像に難くない。

だから部下たちの遺書は、宮城の小玉に与えられた執務室の定位置に保管してある。彼らに万一のことがあった場合は、帝都に戻ってから開封するか、表書きに書かれた人物に手渡すのだ。

部下たちもその段階で読まれることがわかっているので、内容は死んだ直後のことではなく、もっぱら家財や遺品の整理を託す事務的な内容だった。

家族がいる者の場合は、宮城に置いてあるもののどれを家族に返してほしいだとか、どれを某《なにがし》に形見分けしてほしいとか、家族だけに任せるには荷が重いような希望を書いてくることが多い。

今回、小玉が取りだした遺書は、復卿のぶんだけではない。他にも複数人、遺書を任せてくるくらいには近しい関係の部下を失っていた。

けれども数としては、それほど驚くことではない。戦場から戻ったら、小玉はいつも預かった遺書を何通か開く。

復卿の遺書の中には「遺品整理は楊《よう》清喜に一任する」と認《したた》められていた。彼が多分そう書いているだろうな、と小玉は思っていた。遺書を預けられている立場として、復卿がつい最近書きなおしたのを知っていたからだ。

――まさかこんなに早く、役に立ってしまうことになるとはね……。

苦い笑みが、小玉の口元に浮かんだ。

遺書の書きかえと戦死の時期が一致しすぎているような感もあるが、復卿が自分の死を予期していたからではなく、清喜との関係が深いものになったのをきっかけに書きかえた直後、こうなってしまった……というほうが正しいのだろう。

あの時点で復卿ともっとも親密な仲なのは、清喜しかいなかった。なお復卿は相当前に、実家とのつながりを絶っている。

「復卿」、「家族」、「絶縁」という単語を並べれば、たいていの人間は「女装が理由か！」と真実に行きついたつもりになってしまうだろうが、実際はもっと根が深い。そして根が深いと思ったからこそ、小玉は復卿本人からその理由を聞いてはいなかった。

ただし、女装が理由でないことだけは知っている。

小玉と会うよりも前、復卿は両親の死をきっかけに弟一家とは疎遠になったと聞いたことがある。だからこの絶縁自体に女装は関係ない。ただ……もしかしたら、生前復縁しなかった、あるいはできなかった理由ではあるかもしれないが。

――清喜は聞いているのかな。

小玉はふと思った。

けれども復卿に対してそうであったのと同様に、清喜に対しても聞きだそうとは思わなかった。

「でもなるべく、早めに済ませたいって気持ちはあるかな。だから明日にしよ。丙のこと、やっぱり気になるし……」

言って小玉は大きく息を吐いた。両手で顔を覆う。

がぜん、後悔がよみがえってきてしまった。

「そうですね。僕も心配です」

清喜も一切混ぜっかえすことなく、重々しく頷《うなず》いた。

実際、重い事態なのである。

仕事面ではなく、家庭面で。

小玉が戦場でばたばたしている間、実は丙周りもばたばたしていた。

これはどう考えても完全に小玉の不手際であったが、小玉が戻ってきたころには丙はかなり情緒不安定になっていた。

母である三娘を亡くしてそれほど経《た》っていないうえに、唯一の親しい身内である叔母《おば》が死ぬかもしれないという状況に陥るということに対して、彼は相当な不安を抱いていたようだった。

……いや、「ようだった」という表現だと、あまりにも他人事《ひとごと》すぎる。実際他人事のように思っていたから、対応がこんなに後手に回ったんだろうと小玉は後悔している。

丙に一切責任はない。彼がそんな気持ちを抱いていて当然だし、出征前それを前提にものごとを考えていなかった自分を、小玉はかなり責めていた。

小玉はなにもしなかったわけではないが、単純に準備不足だった。

家には文林が手配してくれていた老夫婦がいてくれたし、阿蓮もちょくちょく様子を見てくれると約束してくれていたが、それだけでは保《も》たなかった。

なかなか寝つけなかったり、それでいて寝ついたらうなされたり、はたまた幼少期以来気配もなかった夜尿症が復活したりという状況に、老夫婦の特に夫人のほうが危機感を抱いたという。

丙が老夫婦に対して不安を隠そうとしたり、すまなそうな態度を見せたあたりで、丙にとって自分たちは身近な存在ではないと理解し、阿蓮に包みかくさず相談した夫人の英断に、小玉はひたすら頭が下がる。

そして雇い主のところの子どもが、自分たちに心を開いていないという事実を老夫婦に直面させてしまったことも、雇用主として配慮が足りなかったと猛省していた。気苦労でご老人たちの寿命が減ってしまっていたら、どうしようと思っている。

さて老夫婦から相談を受けた阿蓮は、陳叔安《ちんしゅくあん》夫妻も引っぱりこんで相談した。その結果、小玉が戻るまで丙は阿蓮の家で寝泊まりすることになった。

実際のところ丙は、阿蓮の家の子どもたちとすっかり仲良くなっていたため、彼らと起居を共にすることでだいぶ安定したようだった。

ただしこれは結果的によかった、というだけの話にすぎない。

老夫婦からしてみれば、雇用主の家からその子どもを勝手に追いだしたことになるし、それでうまくいくともかぎらなかったわけだから、相当な覚悟が必要な決断であったはずだ。実際、彼らはどんな罰でも……と深刻に申しでて、申しわけないやらなんやらで小玉はすっかり頭を抱えてしまった。

阿蓮は阿蓮で、あのおじいちゃんおばあちゃんは全然悪くないから……と何度も釘《くぎ》を刺したうえで、かなりきつめにたしなめてきた。

「あたしもね、下っ端とはいえ同じところで働いてたから、あんたの立場はわかってる。戦場に行くな、なんてことあたしには言えない。でもね、行く前に丙くんがどうなるか、いちばん完璧《かんぺき》に近いかたちで予想できたのは、あんただけだったと思うの。だってあんたがいちばん丙くんを見ているはずだし、見ていよう……見ていられるって思ったから、丙くんを引きとってるんでしょう？　だったらちゃんと見て、考えて、動いて？　動くっていうのは、自分でとことんまで世話しなさいって意味じゃないの。人に頼もうとすることとか、どこまで頼めばいいか相談するとか。あのおじいちゃんおばあちゃんにしてみれば、『こうなった場合はこうして、ああなった場合はああして』って指示することでもあるのよ……（以下略）」

彼女なりに言葉を選んではいたが、これは完全に「叱責《しっせき》」であったたし、言われたことは全部もっともなことでしかなかった。以下略の部分も含めて。

　思えばこれが丙にとって、小玉の出征初体験なのである。もしも三娘の存命中に、小玉が出征して帰ってくるという経験を丙がしていたならば、もう少しましだったかもしれないが……これぱっかりは仕方がない。

「あたしに似てると思ったんだけど、でもそれであたしと同じ感じになるなんて限らないってことよね……」

「そのとおりだけど、そうじゃなくてね……！」

　阿蓮はじれったそうに、口をへの字に曲げて天を仰ぎ、怒鳴りたいのを我慢してますという様子を隠しきれない早口になった。

「確かにあの子を、自分の分身みたいに思ってたら駄目だけど、それとは別に、あんたはあんたで、自分の楽天的なところ過大評価しすぎなのよ。自分の家族が死んだら当たりまえだけど慌てふためくし、なにより初めて人殺ししたときだって、風邪ひいて死にかけたじゃない！」

「あっ、はい……」

　その風邪で寝込んだ小玉を看病したのは、他ならぬ阿蓮なので、その彼女の言うことの説得力たるや。

「その節はお世話になりました……」

思ったことを言っただけで、言いわけしたつもりではないが、結果的にただの言いわけにしかなっていなかった。小玉は阿蓮に追加で怒られてしまうことになったが、ぐうの音も出なかった。

ただしあの時の風邪については、単なる副産物であって、心痛のあまり発症したわけではないのだが、有無を言わさぬ態度の阿蓮にそれを言える状況ではなかった。

大人になると、美化とでもいうのだろうか……子どものころの自分は実際よりも大人だったように感じてしまう。でも実際は諸々《もろもろ》のことを忘れてるだけで、子どものころの自分は、大人の自分が思っているよりもずっと、ただの子どもなのだ。

それ自体は別に悪いことではない。けれども小玉の記憶の中の、実際よりも大人びた子どもの自分を、自分に似ているとされる今の丙と重ねてしまったことは完全に悪手であった。

そうでなかったとしても、丙は丙であって、小玉ではないというのに。

つい先日の後悔を思いだして、わかりやすく沈みこむ小玉を、珍しく素直に清喜が慰めてくれる。

「あそこまで心配して怒ってくれる人って、得難い相手ですよ。親しい人がそういう人だっていうのは、いいことじゃないですか」

「そうね……」

多分こいつもちょっと落ちこんでるんだろうなと、小玉は思ってる。彼は小玉の次に丙をよく見ているはずの人間だった。誰からも怒られてはいないが、それだけに自責の念とか……思うところは多々あるだろう。

「ありがたいのは確かだけど、それはそれとして怒られたらへこむし、それ以前に反省してくよくよするよ、あたりまえでしょ……」

いけない、なんだか不平っぽい言い方になってしまった。

おそらく後日、陳夫妻からも怒られるはずだ。甘受するつもりではあるが、小玉がもっともいやだなあと思う相手は、実をいうと叔安の妻である。穏やかな人であるが、怒った彼女の舌鋒《ぜっぽう》は研ぎたての包丁よりも切れ味がいい。

——身内……か。

厳密には他にいないわけじゃない。小玉たちが捨てた村には、血縁者というくくりでならば何人もいる。

村を出た日感じた爽快感《そうかい》が、今はなんだかうそっぽく思えてしまっていた。

故郷を捨てたことを小玉は今も後悔してはいないが、反省はしている。なにかを捨てるということは、いいことだけじゃない。悪いこともどこかに必ずあって、それを把握して対策を立てないといけないのだ。できれば捨てると決めた前に。

「ああいう心配してくれるような人が、心配すらしてくれなくならないように、気をつけないとね……」

小玉のぼやきめいた呟《つぶや》きに、清喜がやけに力強く頷く。

「ほんとそれです。それ一番大事」

小玉は察した。さては清喜も、阿蓮になにか言われたと見える。

なお泰は、ほどなくしてけろっとした顔で戻ってきた。

※

翌日、小玉は清喜と一緒に復卿の家に向かった。荷車を引いて。

人が長くいなかった家の中はもう夏も近いというのに空気が冷えていて、淀《よど》んだ空気が漂っている。

「窓開けましょうか」

「そうね」

まずは二人、開けられるところはすべて開けて、空気を通す。

一人暮らしに適した家はさほど広くなく、また清喜にとっては勝手どころではなく知ったる恋人の家なので、片づけはすぐに終わった。

そもそも、すでに家主によって片づけられていた。

あいつらしいなと、小玉は復卿の人となりを思いかえす。

こういうところで律儀な面を見ると、彼が小玉の部下になる前の醜聞は、やはり仕組まれたものだったのではと思う。

結局、あの件の犯人は誰だったんだろう……と今にして小玉は思う。

当時の小玉は周囲へ干渉する力量も人脈もそれほどなかったし、その後復卿に危害を加えようとする人間も現れなかったし、なにより復卿が追及するそぶりを見せなかった。だからなんとなくうやむやになっていた。

もしかしたら犯人なんていうのはいなくて、色んな巡りあわせで復卿があんな目にあったのかもしれないけれど。

だとしたら天罰なんだろうか、と小玉は思う。あのころの復卿は、それはもうひどい素行だったから。

小玉の部下になったあとは、それはそれでまた、あんまり直視したくないという点でひどい素行だったし、わりとすぐ慣れてしまったというのが、彼の素行よりも残酷な事実であったが。

けれども生き方を一変させるくらい、あの醜聞が復卿にとって辛《つら》いものであったのは間違いない。慈善などではなく、使える人材が欲しかったという思惑は確かにあったものの、その窮地から小玉は彼を救った。

そして今、彼を死なせた。

「どれだかわかる？」

清喜に問いかけると、彼は「もちろんですよ」と言って、いくつか箱が収納してある場所から、一つを手にとった。

そしてどこか優しげに、箱の蓋《ふた》を撫《な》でる。

「弟さんに送るのはこれです」

「もしかして、前々から聞いてた？」

彼の様子からして、そうとしか思えない。

「はい。そりゃあ僕……恋人でしたから、えへへ」

清喜が顔を赤らめて、両手で頬を押さえる。年相応の青年らしい反応であるが、仕草自体はそんなに似合わない。

「なにいきなり照れてるの、あんた」

今、もうちょっとしんみりとした……落ちついた話になる雰囲気だったはずなのだが、なんで急に浮ついた感じになったんだろう。

「閣下、すごく不謹慎なこと言っていいですか？」

「駄目です」

言下に却下した小玉だったのだが、清喜は平然と言葉を続けた。

「僕、あの人の最後の恋人になったんだなと思って」

「いや、さあ……」

——駄目だって言ったじゃん……はっきり言ったじゃん……。

小玉はげんなりしたが、彼自身吐露したいことがあるのだろう。そう思った小玉は、聞いてやることにした。わざわざ許可とろうとした意味ある？　とは思いはしたが。

従卒に対してこんなに優しい上官、ほかにいないと小玉は自画自賛する。弱腰ともいえるけれど。

「復卿さんって、ほら、いろんな恋の経験をしている人だったので、今後僕以外の人と付きあうことも想定してたようなんですよね。僕がほかの人と付きあうことも」

「うん」

まあそうだろうなと、小玉は思う。二人ともまだ若い……片方は「若かった」と過去形になるが。

清喜はなにやら、夢みるような眼差《まなざ》しになる。

「でも復卿さんに関しては、もうそんなことがないので、あとは僕がほかの人を好きにならないだけだなって思って」

青いな……と思いはしたが、それを直接言うのもはばかられる。

上官の却下を一蹴《いっしゅう》するようなこの清喜に、言葉を飾らずにものを言っても、多分気にも留めないだろうが、小玉は優しい上官なのでこう言うだけにとどめる。

「……あんたまだ、先は長いんだから」

「そうですね～。自分で言うのもなんですけど、僕ものすごく長生きしそうな気がするんですよね。性格的に」

「正しいけど、自分で言っちゃう、それ？」

言っちゃうからこそ、長生きしそうではあるものの。


その後、形見分けするものの分別と掃除がすべて終わったところで、二人は帰路についた。荷車は清喜が引き、小玉が後ろから押す。

「明日《あした》は家具の持ち出しですね〜」

「そうね〜。あっけないものだわ」

二人とも声をやや張る。なにせ荷車の前方と後方に分かれているうえに、車輪は音を立てて進むものだから、小声だと相手に聞こえない。

明日は人手を借りて、家財を完全に引きはらう。家財を売った金は、復卿と親しくしていた妓女《ぎじょ》たちに渡すという。

「あんたは服だけでよかったの？」

「ええ！　女性には着られないですし、男性は着ないですし！」

清喜が形見として引きとることになったのは、復卿の衣服であった。女物の。

わりと融通がきく服の構造上、小さい場合はともかく、多少大きい場合はわりと問題なく着ることはできる。だがさすがに復卿が着ていたものは大きすぎた。彼は仮にも武官であり、細身に見えたが実際は着痩《きや》せするたちであったため、相応に体格がよかった。

「閣下には大きすぎましたね〜」

「そうね……意外に肩幅すごかったね」

そんな彼が着こなしていた服を小玉が着ると、全体的にだぼついた感じになってしまう。一応肩からかけてみたのだが、羽織っただけでわかるくらいには顕著だった。

もっとも大きさについては、直せばいいだけの話だ。単純に、小玉の好みではなかったのである。

派手な顔立ちをしていた復卿は、派手な色を好んでいた。（当たり前だが）大柄な体格もあいまってこれがまた実に似合っていたのだが、自分が着たいか着たくないかでいえば後者である。

別に「どうせあたしになんてこんな服、似合わないから……」なんて気後れしているわけではなく、単純に好みの問題だった。多分、軍にいる女性の知人たちも二の足を踏むだろう。

あとはもう復卿のなじみの妓女たちにあげる道しか残っていないが、清喜が「おねえさんたちにあげるくらいだったら、僕がもらうので！」と言いだしたので、衣服一式は彼のものになることが決まった。

金はよくても、服はだめらしい。

飄々《ひょうひょう》としているわりに、いっちょまえに焼きもちは焼いてたんだなと、小玉は清喜の新たな一面を見た気がする。


なお小玉は、復卿が使っていた鏡をもらうことにした。清喜が力説したのである。

「鏡には不思議な力がやどると言います。復卿さんの鏡だったら、きっと閣下を守ってくれますよ！」

考えようによっては、なかなか怖い発想である。復卿の執念が鏡に残ってるような気がして、おろそかには扱えない。

「うーん、そう言われると見られてる気がする」

見られているというより、見張られているというべきか。

生活のすべてを復卿に見られたところで、彼の爛《ただ》れた過去に比べれば後ろ暗いところは皆無に等しいとすら断言できるが、かといって積極的に自分の過ごす日々を観察されたいわけではない。観察するなら、できればそこらへんの花でも見ていてほしい。丙の様子を見てくれるとなおよい。

もっとも復卿に見られていようが見られていまいが、復卿の遺愛の品をおろそかに扱うつもりは、小玉に毛頭ないけれど。

それでもちょっとだけためらった小玉に、清喜は安心させるような口ぶりで言った。

「大丈夫ですよ。仮に復卿さんが実際に閣下をおはようから次のおはようまで見守ってくれてなくても、僕が閣下のおはようから次のおはようまでのことを、可能なかぎり復卿さんの霊前に報告してあげますから」

ただし言っている内容は、なにも安心できないことであったけれど。

「いや、見ていてくれないことを心配しているわけじゃなくてね。あとおやすみからおはようまでの間は、あんたもおやすみしてください」

「じゃあ、その間を復卿さんに見てもらいましょう」

そんなことを自信満々に言う清喜に、もしかして彼は亡き復卿と交信する手段を確保しているのでは？　と、思ってしまう小玉の神経は、そうとう摩耗している。

そのままなんとなく、二人の言葉は途切れた。

やはり疲れているのだろう。けれどもそんな沈黙を気にするような間柄でもないので、黙々と進んでいると、不意に清喜が小玉を呼んだ。

「閣下」

「な～に～」

間のびした声になってしまったのは、たまたま傾斜がきついところに差しかかっていて、荷車を押す体全体に力が入っていたからだった。

「今は丙くんのことのほうを優先して、あまり僕のこと気にしないでくださいね。僕、復卿さんがいなくなっても、悲しくはないので……うわ」

「わ……っ！」

あまりにも突拍子のないことを言われて力が抜けた小玉は、荷車ごと三歩ぶん後退してしまった。

清喜がさすがに鋭い声をあげる。

「危ないですよ、気をつけて！」

「気をつけてほしいなら、時と場所を考えてものを言って！」

抗議しながらも、小玉は慌てて力を入れなおす。

「あっ、ちょっと右傾いてる！」

小玉は慌てて左側のほうに力を込めた。このまま倒れたら家財が倒れて、帰宅が遅れてしまう。

「えっ、あっ、あっ、あー……っ！」

清喜がこんな悲痛な声を上げたにもかかわらず、荷車は横転せずにすんだ。

なんとか荷車が安定し、二人の呼吸が整ったところで小玉はようやく、さっき清喜が言ったことを振りかえる。

「……あんた悲しくないの？」

「悲しくはないですね」

きっぱりと言う清喜は、こう続けた。

「だから復卿さんは僕を選んだんです」

「へ～そうだったんだ～……」

小玉は体からなんだか力が抜けて、荷車に（また倒れそうにならない程度に）上半身を預けた。

今、自分は壮大にのろけられたのではないかという気がひしひしとして、小玉はなにやら釈然としなかった。

頭をことんと家具に預けると、ふと鼻に復卿の匂いが香った。

あたり前だ。復卿の家にあったものなのだから。

「ただいま～」

小玉が門をくぐると、庭の掃除をしていた老人がぺこりと頭を下げた。遠くからぱたぱたと足音が近づき、小玉たちが玄関に辿《たど》りついたちょうどその瞬間に、丙が小玉たちの目前に飛びだしてくる。

「お帰り～！」

「はい、ただいま！」

そのままの勢いで小玉に抱きつく丙の頭に、小玉はぽんと手を置いた。注意深く観察し、顔色はいいな、と思いながら手を左右に動かす。

小玉が帝都に戻ってきてから、丙はなるべく小玉と一緒にいたがるようになった。今日の片づけについても、「おれも行く！」と言っていたくらいだから。

連れていこうかと小玉は思いもしたが、今日の作業は死というものにかかわることでもあるから、今の丙は避けたほうがいいと最終的には判断した。

ここにいたってようやく、なにかをしたら丙にどういう影響を与えるのかを、細やかに考えられるようになった気がする。けれどもそれは保護者という立場を担っているのであれば、できて当然のことなのだった。そして当然のように三娘がやっていたから、小玉は気づいていなかったのだ。

──義姉《ねえ》さん、ごめん。ありがとう。

もう何度目かになるかわからない、謝罪と礼を胸裏で呟《つぶや》く。

二人を庇護《ひご》するつもりでいて、その実生活が成立していたのは三娘に依《よ》るところが大きかったのだと今ならわかる。三人（および清喜）で過ごした短い時期を振りかえると、

「そういえば……」と思いあたることがいくつも出てくるのだ。

丙は小玉に撫《な》でられながら、んふふ、と喉《のど》の奥で笑いながら小玉を見上げる。

甥《おい》に懐かれるのは喜ばしいことだ。だが彼の今の態度の大本を考えると、単純に「うれし〜い」などと呑気《のんき》なことを思えなかった。

「あらあら、お帰りなさいまし」

玄関から老婦人がゆっくりとした足どりで外に出てくる。膝《ひざ》を悪くしている彼女は、動きはゆっくりしている。小玉の家程度の世話は如才なくこなせるが、文林の家ほどの規模になるとさすがに働きつづけるのは難しく、だから夫婦揃ってここで働けて助かったとよく言っている。

「先ほど主人がお湯を沸かしていたので、お部屋に持って行かせますね」

小玉はほほえんで返す。

「ありがとう。でも旦那《だんな》さんは今、清喜の手伝いをしてくれてると思うんで、自分で持っ

ていきますよ」

　すると老婦人が、目を門の方に向けた。

「あらそうですか。清喜さんはあちらに？」

「ええ、門の前。今荷ほどきしてます」

　家の主人のご飯が遅れると、下の人たちのご飯も遅れるんで、先に入っていてください、と小玉は追いだされたのだ。

「そうなんですね、ではそちらを見に行きますね」

「おれも行く！」

　丙は小玉からさっと離れ、夫人を支えるようにして手を引く。

「あら坊ちゃん、ありがとう」

　まだ完全に心を開いていないとしても、丙なりに老夫婦には懐いている。そうでなくても、三娘や今は亡き小玉の母に躾《しつ》けられたとおり、年長者に敬意を持って優しくしようと心がけている。

　二人は文林が紹介してくれただけあって、元々の人柄が折り紙つきであった人たちだが、丙自身の態度もあっての今回の親身な対応だったのだろう。

　うちの甥っ子とってもいい子……と、うんうん頷《うなず》きながら、小玉はお湯の入った桶《おけ》を持って自室に入り、汗を拭《ぬぐ》いはじめた。

さっぱりしてから、小玉は先ほどの鏡を袋から取りだし、しげしげと眺めた。荷ほどきは追いだされたが、これに関してはちゃんと自分で家の中に持ち込んだ。

小さいこと以外なんの変哲もない鏡であるが、よく磨かれている。窓から差しこむ夕日の照りかえしが、あまりにもまぶしかった。持ち主が大事に手入れしていたことがうかがえ、胸がつまるような気持ちになった。

自分も大事にしよう、と思った。

兄嫁が残してくれた、あの餞別《せんべつ》の小銭入れのように。あるいは沈賢恭が褒美にくれた櫛《くし》のように。

そのために、大事な物をしまう箱を作ろうと思った。

でも大事にするのは、物だけではいけない。

「あ、叔母《おば》ちゃん。今日のご飯、おれも手伝ったよ」

食卓に向かうと、丙が座って待っていた。小玉が来ると老婦人がにこりと笑って、部屋から出ていく。ここに来てもらった当初は食事の際に同席してもらっていたが、今は小玉と丙と清喜とで食べることが多い。老夫婦の価値観上、雇い主と同じ食卓につくのはどうも気が引けるらしく、なにより夫婦でゆっくり食べたいからと、控えめながらも訴えてきたのだ。

そりゃあ、夫婦水入らずで食べたいに決まっている。いくら親しくなりたいからといっても、どこかで線を引かないと相手の気が休まらない。

そんな彼らも、小玉と清喜がいない間に、丙と食事を共にしてくれていたという。こういうことこそ、自分のほうからお願いすべきことだったんだよなと思っている。最近はこういう、反省材料を日々見つけている。

けれども、今後老夫婦に対してどういうふうに、なにをお願いするかというのは、小玉にとってはかなり難しい問題だ。こんなに密接に、自分の私生活だけに食いこむ雇人は初めて得たので、距離感を摑《つか》むのが難しい。これに近い存在は清喜だが、清喜という経験はこう……とかく応用が利かないので。

生まれたときから人を使うことに慣れていれば、もう少しこなれた対応ができるのかもしれないなあと思いながら、今の小玉は丙が作ったという料理に集中することにした。

「そうなんだ。どれ？」

「これ！」

青菜の冷菜を示され、小玉は箸《はし》で真っ先に、自分と丙の皿に取りわけた。なお清喜は、先に荷物の整理をしたいからと言って、同席していない。

「おいしいねえ」

「んー……」

なにせ味付けは老婦人がしているものだから、お世辞ではなくおいしかったのだが、手伝った本人は微妙な表情をしている。

「もしかしてちょっと苦い？」

笑いをこらえながら尋ねると、「ん」と頷きながら丙は口の中のものを飲みこんだ。

食事を終えて一息ついたところで、小玉は丙に話しかける。

「ね、丙。叔母ちゃんね、作りたいものがあるんだけど、丙これのお手伝いもしてくれるかな？」

するとは丙は顔をぱっと輝かせた。

「いいよ！」

もしかしたら泰本人よりも、上官である小玉の胃のほうが痛くなったかもしれない「面談」からしばらく経《た》ったころ、小玉はいきなり上司に呼びだされた。

※

「すまなかった」

「はあ」

小玉は、我ながら間の抜けた声を上げてしまった。おそらく今の小玉の声よりも、外から聞こえる蟬《せみ》の鳴き声のほうがはるかに緊張感に満ちている。

小玉は上官に頭を下げられたことが、実はけっこうな回数ある。

相手は王将軍だけど。

そして、彼以外にはされたことないけど。これまでは。

王将軍は日々愉快に生きてる犯人という意味で愉快犯なので、部下に頭を下げるような事態なんて珍しくない。米《べい》中郎将なんて、小玉をはるかに上回る回数、王将軍に頭を下げられてきたはずである。

なんなら小玉が王将軍と一緒に、米中郎将に頭を下げた回数だって数えるのもばかばかしいくらいある。

――そのうち、またおいしいもの贈ろっと……。

申しわけないとは思っているし、感謝もしているので、米中郎将には付け届けを欠かさない小玉である。あと王将軍の夫人にも。

ところで、今小玉の眼前で深々と頭を下げているのは王将軍ではない。

班将軍である。

そりゃあ間抜けな声も出てしまうというもの。

部下に頭を下げるのが似合う将軍、似合わない将軍というしょうもない分類をするならば、彼は間違いなく後者に属する。そもそもそんな分類は、軍人という立場で考えるとあってはいけないものであるのだが、小玉が今心の中だけでとっさに選別したものなので、それくらいは許されてもいいだろう。

それはともかく、なぜ自分は彼に頭を下げられているのだろう。

「張から聞いていないのか？」

要だった。

聞き覚えがあるかを記憶からたどるより先に、まずどっちの張の話題なのかの判断が必要だった。

小玉は脳裏に明慧と泰の顔を思いうかべたが、つい最近班将軍に接触したのは泰のはずだから……などという推理は、別にここでは必要ない。

「張泰の、先日の不始末の件でしょうか」

なので、小玉は素直に確認をとった。

「うむ」

班将軍の返事を聞き、小玉は首を横に振った。

「それについては聞いておりません」

「ほう？」

班将軍の眉《まゆ》がひそめられる。

それを見て、小玉ははきはきと述べる。勘気はごめんこうむりたい。特にこの件の、泰に対しての勘気は。

「彼は私より上位の班将軍に事態をお預けした時点で、下位である私に対しても守秘すべきだと考えたのでしょう」

これは泰をかばっての発言ではなく、実際彼はそういう奴である。だから泰が話さないことを、小玉も聞きださなかった。

「なるほど」

班将軍はその説明で納得した。

「確かにお前は、厳密には張の上司ではないからな。いや、これは私の説明が不足していた」

所属については、確かにそのとおりである。先日も自身の所属があいまいなところを利用して、泰が責任をうやむやにしたことを思いだし、それに後ろめたさを覚えていた小玉は、内心ちょっとそわっとした。

「……それは小官が聞いても、差しつかえないことですか？」

念のために聞くと、班将軍は久しぶりに班将軍らしい言い方をした。

「仮に、知ることそのものに差しつかえがあるならば、私がこうやって頭を下げるわけはなかろうよ」

言葉の内容はありふれているが、声の調子が非常に嫌みっぽい。

小玉はあ〜、この人らしいな〜と、なにやら懐かしい気持ちにすらなりながら、「考えが足りませんでした」と頭を下げる。

班将軍は心身に焦りがあると、ただの真面目なおじさんになってしまう。だから言動が戻ったのを目の当たりにすると、なんともいえない安心感があった。お元気そうでなによりですね、と感じるというか。

なによりこの人のこの態度、なんか癖になる。

「先の襲撃の件であるが、首謀者は私の失脚を狙う者であった」

おや、文林から聞いたことと少し違うぞと思いながら、小玉は「おそれながら」と口を開く。

「失脚、ですか……おそれながら、北衙《ほくが》から南衙《なんが》へ移られた時点で、だいぶ格は下がっておいででは？」

班将軍がじろりと睨《ね》めつけてくる。

「不敬だぞ、関」

格が下がっているのは事実であるが、そもそも班将軍の異動は、皇帝の意を受けてのものである。それに対して批判的な発言をすることを、忠義に篤《あつ》いとされている班将軍が看過するわけがない。

「申しわけございません」

本気で叱られて、小玉はすぐさま謝罪した。これは小玉が悪い。

──そういえば相手は、王将軍じゃなかった。

王将軍であっても本当はよくないのだが、彼に対する甘えだとか気安さが悪いかたちで出てしまった。

班将軍は、即座に謝った小玉をそれ以上追及するつもりはないようではあったが、なにやら思うところがあるようで、ため息を一つついた。

「お前の言うことを完全に否定はできん。相手は私が落ち目になったように見て、そこを突《つ》こうと思ったようだ」

「左様ですか……」

まだ事態を脳内で整理できていない小玉は、与えられた情報にまずは頷《うなず》く。

「結果、お前をいらぬ危険にさらし、大切な部下を一人死なせた……早々に手を打たなかったのは私の責任だ」

「…………」

「すまない」

最後の一言で彼は再び頭を下げた。声は、怒りに震えていた。

小玉は静かに尋ねた。

「その相手の名前を、小官が聞くことはできますか？」

「張が教えるなら、聞くことができるだろうな。私はお前の耳に入れるまでもないと思っている」

班将軍の迂遠《うえん》な言いまわしに、小玉は悟った。班将軍自身は、その相手のことを教えるつもりはないのだと。

先ほど班将軍に言った言葉が頭をよぎる。

――彼は私より上位の班将軍に事態をお預けした時点で、下位である私に対しても守秘すべきだと考えたのでしょう。

班将軍が直接泰に命令しないかぎり、泰は口を開かず、そして今の班将軍の言い方は「泰に命令しない」と言いきったも同然だった。

ならば泰の口からは聞くことはできないだろうと、小玉は思った。

この件については。

でも別のことについては、多分聞けることがある。

「ちょっと面貸して、泰」

「はいはい」

足音高く戻ってきた小玉と対照的に、泰は非常に落ちついていた。こうなることがわかっていたのだろう。

「あと、清喜」

清喜が、ばっと顔をあげる。

「えっ、僕怒られるんですか？」

小玉の勢いと自分の名が呼ばれたということが、清喜の中で結びついた結果、そういう考えに至ったらしい。

確かに今回は怒るようなことで呼んだわけではないが、そんなに心外そうな顔をしないでほしい……と、思ってしまった自分がいる。

怒られるような覚えが清喜の中にまったくないということが、小玉にとっては驚きである。怒られてもおかしくないことをいくつかやらかしているということを、清喜は本当に自覚していないのだろうか。

ともあれ二人を連れて、小玉は四阿《あずまや》へ向かった。

そして清喜に指示を下す。自分たちの話が聞こえない程度に離れたところで待機して、人が来たら知らせるように、と。

「なるほど、そういうことですか～」

清喜は安心した声をあげて、離れていった。そういうことだけど、そういうことだけじゃないということは、あとで説明するつもりだった。

少し遠ざかったあたりの位置で清喜が立ちどまったのを確認してから、小玉は泰に尋ねる。抑えたつもりではあるが、語気は少し荒くなった。

「例の襲撃の件……文林に聞いていたことと食いちがうの。どっちが正しいの？」

とはいえ、いくら泰でも班将軍に嘘《うそ》をつくわけはなく、また班将軍も裏を取らないようなうかつな人間ではない。だから班将軍の言っていることが正しいのは、確定している。

ならば文林が言っていたことは、いったいどういうことなのか。

小玉の問いに、泰は怪訝《けげん》な顔をする。

「彼はどういう説明をしたんですか？」

「前に……文林を上官経由で手籠《てご》めにしようとした男がいたじゃない？」

「ああ～、はいはい、なるほどそういう感じで話してたんですね」

元々すべて事態を把握しているだけに、その一言で泰は、すべてを理解したらしい。

それにしても「上官経由で手籠めにしようとした」という表現、言った本人である小玉がひっどいなと思った。


事実であるというところが、さらにひっどい。


あの件、お相手が文林を口説こうとするだけなら、別によかったのだ。

小玉はそこまで放埒《ほうらつ》ではないが、あくまでそれはこの帝都基準での貞操観念である。故郷のじさまばさまが聞いたら顔をしかめるということを確信している程度には、地元の観念から逸脱した自由恋愛を楽しんだ身だ。

だから純な想《おも》いだけではなく、肉欲とか劣情とかを誰かに抱くこと自体は否定しない。その誰かが文林であったとしてもそう。彼に対して、きちんと交際関係を成立させたいと考えるけじめがあれば。

それなら盛大に振るなり、気持ちに応《こた》えるなり文林の意思に委《ゆだ》ねられているから、小玉にとってはほんとうにどうでもいい。

小玉が介入するとしたら、清喜の告白大事件のように騒ぎになったときとか、お付きあいが仕事に影響が出たときくらいでしかるべきだ。

そう思うと、復卿と清喜は本当にいいお付きあいだったんだな……と思う小玉は、ちょっと感覚が麻痺《まひ》している。

ともあれ、小玉は左遷中だったので全容を把握していないが、失脚して刑死したあの男に恩義のある者とやらは本当に犯人なのか。そもそもそんな男はいたのか。

「小玉、あなたは物ごとを単純に考えたがりすぎる。それはあなたにとって有利に働くことが多いようですが、意識的に扱わないと身を滅ぼすきっかけになるんですよ」

「どういうこと？」

言外に、頭が悪いと言われていることはわかる。確かに頭がよくない自覚はあるので、特に怒りは覚えない。なにせ目の前にいる男は、難関の科挙を突破した男だ。わけわからんくらい難しくて、各地で才子と呼ばれた人間が何人もふるいおとされるような、小玉にとっては未知すぎる世界。

「犯人が単独でないかぎり、それぞれの思惑があるものですよ」

泰がほのめかし程度に助言をくれたので、小玉は少し考えて問う。

「両方とも正しいの？」

「そうです」

班将軍に恨みのある人間が、犯人である。

文林を手籠めにするのに失敗した人間の関係者も、犯人である。

――いや待って待って、そんなことってある？

小玉がよっぽど疑わしげな顔をしていたからか、泰がたしなめるように言う。

「むしろ、戦場で味方に襲撃かけるような大がかりな事件、単独犯でできると思いますか？」

「んー……そ、う、か……」

「目的が同じであれば、思惑がどれほど違っても手を結ぶのが人間ですよ。なにせ目的も思惑も違うのに、手を結ぶこともあるくらいですから」

「そう、ねえ……」

泰の言うとおりなのだが、釈然とはしなかった。

「……それはともかく、文林が言っていたほうの犯人とやらは、あたしに教えてくれるの？」

「ああ、もう片方のほうを私が教えないってことは、わかってくれていたんですね」

言ってる内容は、やっぱり小玉を馬鹿にしているようにも聞こえるが。よくできましたという顔をする泰に、うっかり父性を感じてしまった小玉はつい嬉《うれ》しくなってしまった。

早くに父を亡くしているもので、つい……。

「そちらのほうは死にましたよ」

「え？」

思わず聞きかえした小玉に、泰は説明を補う。

「襲撃の実行犯の一人です」

「そう……」

他ならぬ復卿が、すでに始末していたことになる。

「ですから私たちにとって、この件はこれでおしまいです」

泰が「おしまい」という言葉に合わせて両手を広げるが、小玉にしてみればそれで終わらせられたら困る。慌てて問いかけた。

「まだよ！……ねえ、でもその死んだ男はなんでわざわざ命をかけたの？　そんな大きな恩義があったの？」

この件に関わって以来ずっと、なんであんな奴に？　という思いが、小玉にはあった。

それは知りたかった。

泰は肩をすくめた。

「大きいかどうかは、人によって意見が分かれると思いますよ。母親の病気を治すために、金を出してもらったらしいです」

「それは……そういう理由……」

小玉にとってそれは、「大きい」恩義だった。文林を手籠めにしようとするような人間は小玉にとっては馬糞《ばふん》くらいの価値もないが、実行犯にとっては金塊なんかよりも尊い人だったのであろう。

感情の行きどころが、急に迷子になった気がする。

小玉は少し途方に暮れた。これは対立する相手は、完全な悪であるか徹底的に理不尽であるに違いない……いやそうであってほしいという思いのせいだ。なぜならこちらの心が楽になるから。

今小玉は、自分の都合のとおりになっていないから、という子どもみたいな理由で感情をさまよわせていた。

「……ねえ、やっぱりもう片方の犯人が誰か教えてくれないのね？」

だから小玉は、泰に問いを重ねる。その相手こそ、小玉にとって徹底的に理不尽な存在であったから。

「そうですねぇ……」

泰は初めて小玉と会ったときに比べれば、だいぶ肉づきのよくなった自分の顎《あご》を片手で摑《つか》んで少し考えると、さっきの班将軍みたいなことを言う。まるで示しあわせていたかのように。

「うん、清喜くんがよしって言ったらいいですよ」

ただし、出した名前は意外も意外なものであった。

「えっ、清喜？」

ぽかんとする小玉をよそに、泰は清喜を手招いた。不思議そうな顔をしながら、駆けよってきた清喜の耳に、ごにょごにょと小さい声で説明する。

それほど時間がかからなかったことに、彼の説明の巧《うま》さがわかる。

泰がささやきおわると、清喜は顔を上げて昂然《こうぜん》と言いはなった。

「僕は聞きません」

「は？」

――……なんで？

今日いちばんの謎と出会ってしまった。

「復卿を死なせた相手でも？」

小玉の問いはまっとうであったと、自分でも思う。けれど清喜は心外そうに答えた。

それもかなりの長文で。

「復卿さんがなんのために死んだって、そんな小汚いおっさんのことなんかまったく関係なくて、ただ閣下を守るためだったんです。おっさんの情報に手を出したら、閣下にも累が及ぶと泰さんも班将軍もお思いなんでしょう？　復卿さんは自分の仇《あだ》を討つために、閣下の身を危険にさらすことは望まないはずです。というかそれで閣下になにかあったら、復卿さんは無駄死にもいいところです」

相手が小汚いとどうして断定できるのか、小玉にはわからない……というか班将軍の政敵ということは相当な高官であるはずだから、少なくとも服装は身ぎれいにしているはずである、確実に。

「清喜、あんたはそれで納得できるの？」

「それで納得できないような人間だったら、僕はそもそも復卿さんとお付きあいしていません」

きっぱりと言いはなつ清喜に、小玉はなるほどと思った。清喜の言いぶんに納得したわけではなく、泰が清喜の名を出したことに納得したのだ。

じろりと泰を見ると、彼はにこやかに笑った。

「そういうことですよ、小玉」

つまりこいつは、とことん伝えるつもりがなかったのだ。

「……わかった」

どこか悔しい思いがあるのは、清喜のことを、一番つきあいの長い小玉よりも泰のほうが理解していたからだった。清喜の恋人であった復卿相手だったら多分、こんな気持ちにはならなかっただろう。

「じゃあ、戻りますよ」

「待って、最後に一つ」

話はこれで終わったとばかりに歩きだそうとした泰と清喜を、小玉は呼びとめる。今日のこいつ本当に、話切りあげたがってる。

「主犯の、班将軍に恨みを持っているっていう人間は、どんな正当な恨みを持ってたの？」

「正当な恨みだとしたら、相手は班将軍を法で裁けるということであって、でもこの件について犯人は違法なやり方で班将軍を陥れたわけですから、つまりは正当じゃありませんよ。客観的に考えればね」

「まだるっこしい言い方をしないで」

ごまかされようとしている気がして、小玉は言葉を叩《たた》きつける。

すると泰は顎に手を当てて「うーん」と、わかりやすく悩んでますという素振りを見せたあと、「これくらいは言ってもいいかな」と零《こぼ》した。

「平たく言えば、宦官《かんがん》関係者ですよ。班将軍は今も宦官がお嫌いですけど、昔は今よりももっと苛烈《かれつ》だったみたいですね。そのせいです」

「……そう」

班将軍の宦官嫌いは、小玉も知っている。今よりも露骨だったという班将軍の過去に発生した因縁について、少なくとも当事者と、その関係者が嫌な思いをしたことは間違いがない。

――そのために復卿が死んだの？

そう思いはする。けれども小玉にとっては宦官だって一人の人間だ。尊敬する人間の中にもいる。恋をしたこともある。宦官として嫌な思いをしたことに対して、恨みを抱くことは、不当なものではない。

多分、この相手も完全な悪や、徹底的に理不尽ではないのだと思って、小玉はまた感情の行き場を失った。

「聞いてすっきりするものではありませんよ」

「先に言ってほしかったな、それ」

「でも前置きしたとしても、絶対に聞きだそうとしたでしょう、小玉は。よけいな手間は省きたいもので」

「はいそうですね……」

ぐうの音も出ない。

「一応聞くけど、あたしが今の情報で犯人探してもいいの？」

「そうなると、小玉の首にかかわりますね。今回の量刑、けっこうややこしいことになりそうなんで」

こともなげに、大事《おおごと》な内容を言われてしまった。

それを聞いて真っ先に反応したのは、清喜のほうだった。

「僕、さっきも言いましたけど、閣下の身に危険が及びそうだったら、復卿さんの名にかけて全力で止めますからね。具体的にはある方に羽交い締めにしてもらって、ある方に書類漬けにしてもらいますからね」

全力で止めると言いつつ、内実は他人の力を全面的に頼りにしているうえ、なぜか「ある方」と「ある方」の名前を伏せているところが気になる。今重要なのはその二人ではなく、主犯のほうの匿名性である。

しかも「ある方」も「ある方」も、名前は伏せられてるのに、誰が誰だか小玉にははっきりとわかってしまう。主犯に対してそうでありたかった。

「やらないよ……」

小玉は力なく呟《つぶや》いた。それは清喜言うところの二人の「ある方」が怖いからではなく、この件で自分が死んだら遺《のこ》された丙の立場はどうなる、という危惧《きぐ》のせいだった。いわゆる「名誉の戦死」で小玉が死ぬのとはわけが違う。

今の自分は、彼の将来を守ることを優先しなくてはならない。

――なんだ、あたしだって結局……。

もし小玉が完全な善であったり、徹底的に正当であったりするならば、それでも糾弾しようと動いていただろう。けれどもそんなことはまったくなかった。今の彼女が、というわけではなく。

昔から。

丙のことがなかったとしても、やはり小玉は他の部下たちのことを考えて手を引いていたはずだった。かつて死をもみ消された範精のときのように。

清濁併せ呑《の》むことを受けいれているつもりであるが、こういうときそんな自分に嫌気がさしてしまう。

少なからず落ちこむ小玉の肩を、泰がぽんと叩く。心なしかやさしい手つきだった。

「じゃあ戻りますよ」

「はいよ……」

来たときの小玉と同じように、足音高く清喜が歩きはじめる。小玉の足音はちょっと力がなかった。

泰は二人よりちょっと遅れて歩いていたので、彼の小さな呟きは風に吹きながされて、二人の耳に入らなかった。

というか、泰が耳に入れるつもりがなかった。

「おっさんじゃなくて、おばさんなんだけどな……」

まことに恐ろしいのは、思いこみというやつだ。

※

祖父の故郷へ行って帰ってきたところで、文林の丁憂の期間は終わった。

特に行く気はなかったのだが、事情を知らない者たちからは「あいつ意外に孝心あるな」という評価を得てしまった。特にご年配の方々から。

それを聞いた文林は、常の彼らしくそんなわけないだろう、とせせら笑う……ということをしなかった。自分でも意外なことに、この旅は自分にも孝心なんてものがそもそも存在していたのか、という発見の旅になってしまったからだ。

どうやら「自分探しの旅」というものは、伝説上のものではなく実在するらしい。文林は、間違ってもそれを目的に出発したわけではないのだが。

文林の祖父は北のほうの都市の出で、墓のための土地もそこにある。小玉の故郷だと土地が確保できないからという問題で、死んだあと数年して骨を掘りかえして、改めて祀《まつ》りなおすらしいが、文林の祖父の地方は違う。一つの土地に一族を固めて埋めて、掘りかえすことはない。だからそれぞれの墓石がある。当然ながら、早くに死んだ文林の母もそこに眠っている。

実をいうと母の墓に直接詣《もう》でたのは、これが初めてだった。

母が死んだとき、文林はまだ幼かったため長旅で体を壊してはいけないと、祖父母は文林を連れていくことはなかった。祖父たちの遺体は、人を遣わして墓に葬った。だからこれが初めての墓参だった。

つい最近新たな住人を迎えた墓地はきちんと整理されていて、遣わした人間がきちんと仕事をしていることが証明された。あとで彼にも心付けをやろうと思いながら、文林は現地で雇っている墓守に小銭を渡す。

ひときわ新しい二基の墓石が祖父母のものであることは、言われるまでもなくわかった。その近くをぐるりと眺めてから、文林は墓守に問いかける。

「母の墓は？」

文林はてっきり、祖父母の近くにあると思っていた。

「ああ、あちらに……」

少し離れたところを示され、文林は祖父母が母に対して抱いた複雑な感情を悟った気がした。


その時点では。


「……ずいぶんと手入れされているな」

墓についてではない。その近くに生えている木が。

見るからに意図的に、墓近くに植えられているそれは梅の木であった。実がたわわにぶら下がっている。

「大旦那《おおだんな》さまたちのご命令です。この木はいつも美しく花を咲かせるようにと」

「そうか……母は梅が好きだったな」

不意に一つの光景が脳裏に浮かぶ。梅の花を嬉《うれ》しそうに眺める母。文林と一緒に実をもいで微笑《ほほえ》む母。

これは幻想ではない。実際に見た光景だ。

そんなことも、あったのだ。

長く墓の前に立ち、文林は一言だけ話しかけた。

「……また、来ます。母上」

特に年配の者たちから優しく声をかけられながら、文林の職場復帰は始まった。

「はいこれ、引き継ぎの文書です」

渡された冊子を見て、文林は渡してきた相手の顔を見る。にこやかな泰である。なにか含むところがある、絶対あるという感じのにこやかさ。

「人生の集大成かなにかか？」

厚みはないがとにかく数が多い。十六分冊構成。なにやら総集編という感じが漂ってくる。

「近いですね」

これくらいは読むのも暗記するのも文林にとってはたやすいが、文林の丁憂の間に、伝えなくてはならないことがこれほどまでに発生したとはさすがに考えにくかった。

それよりはまだ、泰が個人的に作った詩集という可能性の方がまだ高い。詩作は文官の必須技能であるからして。

しかし表題を見れば詩集という線は消えた。味も素っ気もない、なんだか「引き継ぎ」といった感の項目が記されている。

「なにか大きな政変でもあったか？」

ありえないのをわかって、ついつい問いかけてしまった。さすがにそんなことがあったら、文林の耳にも入る。

泰も「まさか」と笑いながら、首を横に振る。

「いつもどおりの頻度で、出世する者がまあまあいて、失脚する者もまあまあいるという感じでしたよ」

「なるほど、いつもどおりだな」

平和的ではないが、日常的なことであるのは確かだ。

「まあ、言いたいことはわかります。いくら長く職場を空けていたからといって、伝えなくてはならないことが、こんなに発生するわけがないですしね」

泰はここで「つまり、ほかのなにかが起こったわけです」ともったいぶった言い回しをしたり、「どういうことだと思います？」と質問したりして時間を無駄にすることはなかった。

「この度、骸骨《がいこつ》を乞《こ》うことになりまして」

文林はぎょっとして泰の顔を凝視した。

官吏は仕官する際に、自分の身体《からだ》を皇帝に捧《ささ》げるということになっている。骸骨を乞うというのは、捧げた身体の残骸をお返しくださいという意味であり、つまり辞職を願いでたということだ。

これは丁憂のような一時的なものとは違い、政界からの完全な引退を意味する。つまりこのなんだか「引き継ぎ」といった感の項目が表題になっている十六分冊は、本当に引継書だというのか。

文林は驚愕《きょうがく》しつつも、まず尋ねた。

「まさか受理されたのか？」

「はい」

文林はさらに凝視する。ぴちぴちしてるとは言えないが、働きざかりの年齢にしか見えない男の顔を。

「お前……もう七十歳になっていた、のか？」

「まさか」

泰は一笑に付した。

文林は別に混乱しすぎて妄言を吐いているわけではなく、一般的に七十歳になったら「骸骨を乞う」ことが許されるからである。

この時代、そこまで生きていたら外見上は本物の骸骨のようになるので、言いえて妙である。しかし実際に七十を過ぎるまで、生きて官職に留《とど》まるような人間はそうはいない。寿命の問題というより、政治闘争で常に淘汰《とうた》されているからである。もちろん寿命上でも、七十歳というのは高い壁であるが。

今日の勝者が、明日には囚人、明年には故人とは、ありふれた事態であり、宮城とはまさに修羅の地にほかならない。

「先日の一件で、班将軍から正式に処分が下りまして、上の者もだいぶ私のことが扱いにくくなったので、渡りに船とばかりに受理されました」

聞いて文林は、思わず息を詰まらせた。その一件とは、文林が先日暴走したあのことに他ならない。

班将軍は、自分の責任はとるが、それはそれとして泰のことについて手心を加えなかったので、そうなったのである。

「……というのは冗談で、本音はそろそろ女房に逃げられそうだから、っていうものなんですけれどもね」

おどけて言う泰だが、文林の気は晴れなかった。

「……やはり怒っているか」

確認の意図で発した言葉に、泰は頷《うなず》く。

「怒ってますねえ。私には怒るだけの正当な権利がありますからね。きちんと行使しますよ」

「怒っている」と言いつつ、泰の顔には負の感情が見えない。

けれども文林は頭を下げた。

「すまないと思っている。だが……」

言いつのろうとした文林を、泰は「あ、今は引き継ぎ優先で」と言って、押しとどめた。

十六分冊は、やはり引継書だった。

「ああ、それは時間があるときにでもゆっくり話してください。ただちょっと言っておくなら、私が怒っているのはあなたが思っている理由ではありませんよ」

「…………？」

怪訝《けげん》な顔をする文林の背を、泰はばしんと叩《たた》く。

「さあさ、始めますよ。さすがに文書に残せない業務内容もありますから、それは聞いて覚えてくださいね、一回で」

お仕事というのは、そういうものである。

これが小玉だったら絶望と怨嗟《えんさ》の声をあげながら、その場で泣きまねをしただろう。ただ泰は出来ないことを強要するような無駄なことをしないので、小玉相手だったら「一回で」なんて言わないはずである。「二回で」くらいは言ったかもしれないが。

幸いなことに文林は、職場への復帰一日目でも文林のままだったので、至極当然といった顔で頷いた。

だが一つだけ、疑問を解消したかった。

「辞職はそんなにすぐなのか？　いつだ？」

泰はきょとんとした顔で、答える。

「いや、だいぶ時間はありますよ……でも退職の日まで、毎日なるべく早く帰宅するよう

に と妻の厳命が下っているんです」

その言葉に、文林は道行く最中に急に雨が降られたときのような顔をした。

「お前、女房に逃げられそうというのは、本当だったのか」

ぼそりとこぼすと、泰は心外そうな顔をする。

「私は嘘《うそ》はつきませんよ。さも真実だと思いこませることはしますけれども」

それはそれでどうなのか。

文林は自らの出来のいい顔に感謝したことはなかったが、出来のいい頭には感謝している。

泰の早口の説明を聞いて、きっかり定時で帰宅する彼を見送ると、文林は小玉の執務室へと向かった。

「……聞いたね？」

「ああ。お前が暗い顔してたのは、そのせいだったか」

復帰の挨拶《あいさつ》をしたとき、どうも小玉に覇気がないなと思っていたが、泰の話を聞いて納得した文林である。

「泰がいなくなるのは、人材的に惜しいからな」

「そうなんだけど、それだけじゃないんだわ」

さらに沈んだ顔になった小玉に、文林は声を低くして問いかける。

「他になにかあったか？」

「辞職の理由がさ……」

「ああ……俺のせいだ、すまない」

「はあ？」

陳謝した文林の言葉に返ってきたのは、疑問の声だった。

「なんのこと？」

「え？」

下げていた頭を持ちあげると、小玉が混乱した顔をしてる。

「もしかしてあんた、女と間違えられる格好で泰と一緒にいたの？」

「え？」

二人して少々沈黙し、話が嚙《か》みあってないことを無言のうちに確認しあう。

次に口を開いたのは小玉だった。

「ほら、奥さんがやきもち焼いてついに……って」

「あれは、深刻な空気にならないようにするための方便だろ」

文林は呆《あき》れた声を出したが、小玉は小玉で呆れた顔を文林に向ける。

「あんたは泰の奥さんのこと直接知らないから、そんなこと言えるのよ。でもここ最近、あんたいなかったから無理もないか」

正直、文林は泰の私生活については家族構成ではなく、小玉の説明で初めてその内実を知ることとなった。

泰の妻は元は妓女《ぎじょ》である。花街《はなまち》出身であることを気にしている彼女は、元来神経質だったこともあって、堅気の女が夫に近づくことについて神経を尖《とが》らせていた。

小玉や明慧はもちろん、女装した復卿に対してまで警戒をつのらせていたのだから、相当なものである。

文林としては復卿を「堅気の女」の枠にはめるのは、性別のうえではもちろん生きざまのうえでも納得がいかない。「椅子と猫は同じ四つ足」で分類するくらい、ざっくりしすぎなくくり方だと思う。

その観点でいえば、泰の妻のほうがよっぽど「堅気の女」の枠に当てはまると、誰も教えてやらなかったのだろうか。

そんなことを文林は考えているのだが、誰も教えてやらなかったか、あるいは教えてやってても聞かなかったかのどちらかのおかげで、今の状況を迎えているのである。

小玉が言うには、今回の出征で復卿が戦死したことがきっかけで、泰の妻の神経がさらにすり減ったのだという。

「職場で泰に近いのは本物の女ばかりだって、よけいぴりぴりしちゃって」

泰と一緒に働いている人間は他にもいるが、特に近しいのは小玉、明慧、清喜……たしかに女性率は高いが、母数が少なすぎる。

「しょうがないから、あたしたちが適当な男と結婚しようかって、明慧と話しあったんだけど……」

「ちょっと待て」

文林はここで制止したが、小玉は待たなかった。

「しかしながら、適当な男たちにとって、あたしたちは適当な女ではまったくないのであった……」

いきなり昔話の語り口みたいな言いまわしをして、小玉は遠い目になった。

どうやら惨敗に終わった果敢な挑戦があったらしいが、その努力を尊いとはあまり思えなかった。男側にも選ぶ権利はあり、それを行使しただけなのだから。

「それでなんにも事態が改善されないままでいたら、奥さんが最近寝こんじゃって……このままだと妻に先立たれてしまうって、泰がね」

ここで文林は思わず声をあげた。

「『女房に逃げられそう』、ってそういうことなのか」

あの世に行かれるという意味で……。

深刻にもほどがある。

「声がでかい」

小玉がたしなめてきたが、それどころではない。

なんということだろう。これはこれで深刻な事態であった。

小玉たちが急遽《きゅうきょ》結婚しようと血迷ったのも、それならちょっとわかると文林は思ってしまった。同僚の妻が自分たちのせいで病むだなんて、それこそ自分たちの精神のほうも病んでしまう。

泰は大きな政変はないと言っていたが、泰の周囲のほうがよっぽど大嵐だった模様。

「あたしさあ」

小玉が嘲《あざけ》りを含んだ声をあげる……誰に対する侮蔑《ぶべつ》なのか？

「聞いたとき、『そんなことで』って思っちゃったんだよね」

……小玉自身に対するものだ。


「それは深刻になる理由として、成立するのか？」

「だってあたし、家族のために軍に入ったのよ、文林」

ちょっと間を置いてから、小玉は「他にも理由はあるけどね」と付けくわえる。

「だから家族のために辞める人間に対して、そんなことを思っちゃうようになった自分が信じらんない。仕事と私、どっちが大事？　聞くこと自体の資格については奥さんにあるけど、こっちはあたしと奥さんどっちが大事？　とか言える立場じゃないのにね……」

「待て、それは完全に浮気相手の発言だぞ」

ため息をつく小玉の言い分はわかるが、言葉選びにはだいぶ問題がある。文林は、二人の間にやましいことがないと信じたかった。

幸いなことに、文林の懸念は長続きしなかった。

「あたしだって泰とか文林とか清喜と、親兄弟や丙だったら、迷わずあんたたちを捨てる自信があるね」

この発言で、小玉の中で泰の優先順位がはっきりわかったので。

ああ、この二人の間にやましいことはないんだな……文林は心から信じることができた。ただ、自分の名前がそこに並べられたことについて、文林にも思うところはある。

あえて指摘はしなかったが、内心では免職覚悟でお前を助けに行った男に対して、えらい言いようだなと思っていた。

文林はそういう思考自体がとても身勝手で、泰の期待を失った原因であることをわかっていなかった。

文林は「口に出したら恩着せがましくなるから」と思ってなにも言わなかったわけであるが、彼にとってそれは幸いなことであった。泰が文林の考えを知ったら期待を失うどころではなかったからだ。

なお明慧の名前が出なかったことについては、彼女と家族を天秤《てんびん》にかける事態が発生したら、小玉は最終的に家族を取るにしても、迷いはするんだろうな……と、文林でも納得してしまった。

他ならぬ明慧本人が天秤を無理やり動かして、両方とも取れる道を力ずくで切りひらきそうではあるが。

※

「それでは皆さんお達者で！」

「お達者で～！」

にこやかに、そして最後の勤務日でもしっかり定時で帰る泰を、一同手を振り見送った。

夕日を浴びて去っていく彼の背中は心なしかやりきった感に満ちている。その誇らしげな背を見て、部下たちがうらやましそうに呟《つぶや》いている。

「なんて頼もしい背中……」

「あれが、隠居を勝ち取った男の……」

羨望《せんぼう》を通りこし、もはや憧憬《しょうけい》、尊敬の感情すら漂っている。

気持ちはわかる。

正直、小玉もうらやましいことこのうえない。

この後の泰は、母の故郷に戻ってのんびり畑でも耕して暮らすつもりだという。

正直、官僚の家系出身の彼が、いきなり農業を始めてもうまくいくと小玉には思えない。だから舐《な》めてかかるとたいへんな目にあうよ……と経験者として忠告はしたのだが、「それで生計を立てるつもりではないので」と、趣味の範疇《はんちゅう》でやることを潔く宣言されてしまった。

とはいえ彼も土木工事の作業なんかに随伴したことはあるから、ある程度は理解したうえでやると言っているのだろう。

土木工事と農業……一緒にしたらそれぞれの分野の玄人に怒られそうだが、玄人とはいえないまでも両方経験したことのある小玉としては、まあ行けるでしょと思っている。趣味の範囲内でなら。

それにこの選択は多分、奥さんの療養を考えてのことなのだろう。

父の故郷……つまり自分の生家の方に戻ると、「あそこの息子は遊女を嫁にして」と言われかねないし、奥さんの生家の方に戻ると「売られた娘が男をつかまえて帰ってきた」と言われるだろうし。

どちらの場合でも、妓女であった過去を気にして、それが高じて気鬱《きうつ》の病になった奥さんには辛《つら》いはずだ。

泰はほどほどに土地勘があって、なおかつ奥さんが休める場所を選んだのだと思う。母の故郷でも、知ってる者になんらかの陰口は叩《たた》かれるのではないかという疑問はあるが、小玉はそこらへん、泰の選択だとか手腕だとかを信じている。

だから彼の前途に対してはまったく心配していない。

それより、自分たちの前途のほうがよっぽど心配だった。

泰の見送りは、最後のお手振り以外は、思ったよりも慌ただしく、なおかつ殺伐としたものであった。

というより、ちょうど新しい案件が重なってしまったせいで、慌ただしさが倍増してしまったというほうが正しい。

おかげでみんなあちこち走り回ったし、泰は泰でものすごい速度で文林への引き継ぎを終えて（それでいて帰宅時間を遅らせることはなく）、そして今日を迎えたのである。なんかさっき、泰が文林をちょっと離れたところに引きずっていって、耳元になにかささやいている姿を見た。伝えなくてはいけないことが、ぎりぎりまであったらしい。最後まで力を尽くして働いてくれたことには、まことに感謝している。彼の背中が心なしか大きく見えるのは、その気持ちのおかげでもあるのだろう。

さて、小玉たちをここまで奔走させた案件というのはこれである。なんと、班将軍が北衙禁軍《ほくがきんぐん》に戻ることになってしまったのである。

ここで経緯を簡単におさらいするが、班将軍は人材育成の一環で、わざわざ南衙禁軍《なんがきんぐん》に移ってきたのである。そして人材の育成というものは、往々にして時間がかかるものである。なんなら時間をある程度度外視して行うくらいで、ちょうどいいかもしれない。だからこんなに早く、班将軍の部隊が解散することになるとは、誰も思っていなかった。班将軍本人も、そしておそらく皇帝も。

つまり、この人事は人材育成という目的を達成してのものではない。宮中闘争という、世にも世知辛い事情によるものである。

しかも小玉とも、そんなに縁がない話ではない。どうやら先の襲撃事件の、小玉が教えてもらえなかったほうの犯人の排除に班将軍が動いた結果、なんやかんやで再異動が決まったらしい。

そのなんやかんやが一番大事だというのはお約束というものであるが、別に小玉のものぐさで省略しているわけではない。単純に教えてもらえなかったので、こんな表現で認識するしかなかったのである。

とりあえず、もう一人の犯人が無事罰を受けたと聞いて、小玉は復卿の位牌《いはい》に手を合わせた。なお復卿の位牌は清喜の部屋にあって、清喜が毎日手入れして線香やら食べ物やら化粧品やらを手向けている。

清喜の情の深さに見ていて胸が痛むのであるが、位牌が完成した日に清喜が感慨深げに捧《ささ》げもってこんなことを呟いたときは、この生活を考えなおそうかなと、小玉でもさすがにちょっとは思った。

「復卿さん……これで閣下と僕と、完全に同居できるんですねえ」

明慧曰《いわ》く、「怖い人間一歩手前の発想」らしい。文林に至っては「手前どころか、もうその一歩を踏み越えてるだろ」と言っていた。

他人のことをどこまで許容できるかは、人によるんだなと実感した小玉である。

さて犯人の罰の件について、小玉としては胸がちょっとすっとしたのであるが、その結果班将軍が北衙禁軍に戻ることになったのは、いただけない。

まったくいただけない。

元凶であるもう片方の犯人は、やはり生涯許さない所存で行くつもりだ。

なお、小玉は班将軍についていくわけではなく、王将軍の麾下《きか》に戻ることに決まった。

実を言うと……小玉はちょっとほっとした。

班将軍は多分そんなに悪くないが、さすがに思うところがちょっとあるので、少し距離を置けたら嬉《うれ》しいなあと思ってはいたのだ。それにお偉いさんばかりの北衛に一緒に来いと言われなくてよかったと、小玉は心底安堵《あんど》した。

だがそれはそれとして、近い将来の自らを思い、絶望もした。

——配置換えの手続き、死ぬほどたいへんなんだよ……よりにもよって、泰がいなくなった直後にかよ……。

脳裏に渦巻くのは、怨嗟《えんさ》の声。

さすがに泣きはしなかったけれど。

泰がいなくなっても文林が戻ってきたので、そこだけは救いなのであるが、それでも乗りこえられる自信が小玉にはまったくない。

前回の配置換えの際の事務処理では、泰と文林の両方が忙しそうだった。そして現在、文林は泰からの引き継ぎで忙しいうえに、前回と同じ事務処理を一人でやらなくてはならない。


――それでは質問です。今回、辛い目にあうのは誰でしょうか。

足し算とか引き算とか職場の立場とかを掛けあわせれば、簡単にわかる問題である。

しかし小玉は、解答を半分放棄したかった。

――確実なのは文林です。他に辛い目にあう人間については考えたくありません。

でも考えてしまう……そう、自分のことを！


しかしこの悲惨な現実を前に、文林本人は悲観する様子もなく、それどころか静かにやる気をみなぎらせている。

とても頼もしいが、そのやる気が後任の文官にも向きそうで、相手が厳しくしごかれるのは間違いないことを思うと、かわいそうで仕方がない。間違いなく自分にも向けられるので、自分もとてもかわいそう。

小玉は、この新人に優しくしてあげよっと……と思いながら、最近飴《あめ》を作っている。新人のころ、自分もよく飴をもらった覚えがあるので。

あと、丙のおやつのために。

丙は阿蓮のところで寝泊まりしたことの延長で、最近は阿蓮のところで手伝いをして、おこづかいをもらっている。あそこは子どもが多いが、上の娘たちは下の子の世話で忙しく、長男は人見知りが激しいので、商売を手伝える人手が少ないのだ。

丙は客に対して愛想がよく、あまり動じないうえによく働くので、なかなかに重宝されているらしい。

叔母《おば》としては、素直に鼻が高い。

阿蓮の長男も、親しく付きあっている丙の影響を受けて、最近は裏方の仕事を手伝えるようになってきたと、阿蓮にいたく感謝されてしまった。叔母としては、やっぱり鼻が高い。

小玉にしてみれば、丙について色々考えた結果、そろそろ彼の独りだちについても考えが及びはじめているので、仕事を経験するのはいいことだと思う。

一方、そういう下働き的なことをさせるのはどうなんだと言っているのは文林である。しかし彼は、丙がどれほど大人物になると思っているんだろうか。ついでにいえば、彼は丙にとっては赤の他人なので、小玉はこの件については自分の方針を曲げないつもりである。

丙ともども文林には世話になっているが、それはそれ、これはこれである。

※

泰は去り際、文林にこんなことを言った。

「若い者は失敗するものです。でも中年だって、老人だって失敗します。若いなりに、中年なりに、老人なりに。失敗自体が悪いことではないとは言いません。非常に悪い。けれどももっと悪いのは、失敗に気づかないこと。いちばん悪いのは、失敗をむしろ成功だと思っていること」

言っているのはもっともなことだが、それを文林に言ったこと、そしてそれをわざわざもっとも印象に残る別れの瞬間に言ったのはなぜなのか、文林にはわからない。

まったく、わからない。

もう何度目か、過ぎ去りし泰の職務総集編を読みかえしている文林に声をかけたのは、明慧だった。

「また読んでるのかい」

「ああ」

顔を上げると、明慧が小玉の席に座っているのが見える。

とはいえ明慧は、別に反逆しているわけではない。小玉が不在中、代理として処理できる仕事を請けおっているのだ。

「もう覚えてるだろうに、律儀だね」

「譜面を覚えているからといって、その曲を聴くのが楽しくないわけじゃない」

「まあそれはわからんでもない」

意外に同意を得られてしまったが、そういえば彼女は荒削りではあっても即興で詩を作れるくらいには、教養があって器用な人間だった。

だから今、文官めいた仕事も落ちついてこなせている。

「すっかり寂しくなったねえ」

「そうだな……」

同意しても「しまった」などと思わなかったのは、率直に寂しさを認めているからだ。

泰がいないことが寂しい。

復卿がいないことも、寂しい。

「特に復卿」

そう思った瞬間、明慧に名前を出されて、文林は少しだけ驚いた。

「おかげであたしはしばらく、小玉と飲みにもいけやしない」

彼がいなくなったことで人それぞれに喪失したものはあるのだろうが、職場的には責任を負える人間が減ったことで、同時に休みをとれない人間が発生した。

例えば小玉と明慧の組みあわせとか。

自分で言っておいて、明慧は喉《のど》の奥で少し不満げに唸《うな》る。

「これはちょっと笑えない冗談かな」

「少しな。だが復卿は笑うだろう」

「笑うだろうねえ」

目に浮かぶようである。笑いすぎて明慧に小突かれている姿も。

その明慧が、また文林に話しかける。

「なあ、文林」

「なんだ？」

「文林、あんたは自分が間違ったと思ってるかい？」

「それは……」

文林はもう読んでいない冊子を、一度完全に閉じた。

「いったいどの件についての話だ」

文林の問いに、明慧は彼の顔をじっと見て、ややあってから笑った。

「いや、心あたりがないならいいさ」

明慧らしからぬ歯切れの悪さに、どうも尻《しり》が据わらない感じがして、文林はぶっきらぼうに言う。

「俺だって間違えることはいくらでもあるさ。人間だからな」

「ああ、ああ。それを理解しているってことは大事だよ。あたしだっていくらでも間違って生きてるさ」

明慧は両手《もろて》をあげて笑う。

それを見た文林は冊子を置いて、片肘《かたひじ》をついて明慧に言う。

「間違ってないことだったら一つ教えてやれる」

「なんだい？」

「泰の後任がすぐ育って、お前と小玉は飲みに行けるようになるさ」

自分でも珍しい冗談交じりの言いまわしに、ふと復卿の気配を感じて、寂しさが少し増した。

「それは嬉しいねえ」

明慧の笑顔は、苦笑に見えた。

※

実をいうと小玉は少し浮かれていた。

「いや〜本当に久しぶりね。この二人でご飯食べにいくなんて」

「本当に」

最近気が沈むことばっかりなせいか、こんなことですら気持ちが盛りあがっている自分を感じる。いや、「こんなこと」？　とても大切なことではないか。

「場所はもちろん？」

「いつもの」

「よし」

息ぴったりなやりとりができて、小玉は明慧と顔を見あわせてにやりと笑った。

折しも秋、風も少し冷たくなってきている。寒いのが苦手な小玉にとっては、ぴったりな店であった。


「なんだい姉ちゃんたち、生きてたんかい！」


店に入って早々、洒落《しゃれ》にならないことを言ったのは麵屋《めんや》の店主である。

「いや、たしかにここ来るのはご無沙汰《ぶさた》だけどさ……あたしが生きてるってこと、先生経由で聞かなかったの？」

小玉のかかりつけ医とこの店主はつながりがある。知ろうと思えば、いくらでも知ることができたはずだ。

しかし店主は、眉《まゆ》を下げて情けない声をあげる。

「そういうこと言うなよお。俺だってさ、毎日まあまあ幸せに生きるために、あえて知らないようにしてることがあるんだって」

「なるほどね」

「おっちゃん意外に繊細だったね、そういえば」

小玉の軽口に、「意外って言うな！」と抗議の声が飛んでくる。

薄情とは思わない。それはそれで、（しばらくご無沙汰していたけれど）常連客に対する愛着を感じるので、小玉はそれ以上強く言うことはなかった。

「ここしばらく忙しくてね。二人一緒の休みが取れなかったの」

「一人で来てもいいんじゃねえか」

「いやそれくらいだったら、家族と食べるから」

「じゃあ家族と来いよ。おまけするから。つーか姉ちゃん、ついに結婚したんだなあ……めでてえなあ……」

しみじみと言う店主に、小玉もしみじみとした声で返す。

「それが違うんだなあ……」

「あ、そう」

やたらぶっきらぼうな相づちを打たれてしまったが、小玉が店主の顔を見ると「あ、しまった」という表情だった。どうやら、踏みこんでいけないところに踏みこんだと思われたようだ。

店主の誤解は解かないでおく。その程度には、決めつけられてちょっといらっとしたところはある。

「あたしも久々に来たんだが、あたしに対しては、結婚したとか思わないのかい」

明慧がにやりと笑って尋ねると、店主はあっさり返す。

「ほら、決めつけるといけねえから」

言いつつも目は激しく泳いでいた。

実質決めつけてるも同然だが、明慧は愉快そうに笑っている。なんか彼女との器の違いを感じてしまって、小玉はなにかをごまかすように、急いで麺を口に運んだ。

「熱っ……」

この麺屋に取り柄があるとしたら、一にいつも空《す》いていること、二にいつも熱々なことである。ただし一については微妙な味であるという証拠であり、二についてはそんな麺屋はどこにでもあるという悲しい事実があるので、そこまで大した持ち味ではないのも小玉は承知していた。

ただ、今口にしている麺が熱いこと、そして小玉が口の中をちょっと火傷《やけど》したことは揺るぎようもない真実である。

「どうした、ほら。消毒だ消毒」

そう言って店主は酒を差しだしてくる。

もちろんおごりではない。あとで料金は必ず請求されるだろう。こちらとしても踏みたおすつもりはない。

受けとった小玉は、きゅっと引っかけて満足げに息を吐く。

「あ～、なんかいいなあ」

おいしいなあ、というのとはちょっと違う。とにかく「なんかいい」という感じ。明慧もわかるわかると頷《うなず》いてくれた。

腹が膨れて人心地ついたところで、明慧が問いかけてくる。

「清喜は大丈夫かい」

小玉はこくりと頷いた。

「うん」

小玉は丙のことをもちろん心配していたが、清喜のことも気にしていた。あれだけ熱愛した恋人を失ったのだから。けれども心配していたことについては、まったく心配なかったねと、明慧と二人で苦笑いする。

「思いのほか……思ってなかった感じで大丈夫だね」

その代わり、心配していなかったことについて心配しているけれど。

「ならいいんじゃないか」

明慧の声は明るい。

「ただもうちょっとこう……なんだろね、思うところはあるけれど」

「あいつの冗談っぽいのに、冗談に見えない悼み方、あたしはいいと思うよ。あんなふうに悼んでほしいもんだよ」

「明慧、そういうこと言わないでよ」

今はちょっと、そういうことを考えたくなかった。

「別に死にたいわけじゃないよ。でも復卿は幸せだと思うよ。幸せだったんじゃない。今も幸せなんだよ」

「そうかな」

久しぶりに酒で頭をぽやぽやさせながら、小玉は小首を傾《かし》げる。

「そうだよ。でもその条件としてあんたが生きてる必要があるから、あんたも死ぬ気で生きな」

「似たようなこと、何人かに言われたわ……」

あいつが前向きに復卿の死を受けいれてるのは、お前あってのことだから、自分大事に

……という感じ。

――うん、おかしいよね？

酒で頭がぽやぽやしていても、そのくらいはわかる。

復卿と清喜、恋人同士という関係。

本来なら二人で完成されるべき関係の間に、小玉が入ってないと成立できないという事態はやっぱりおかしい。しかも小玉は別に入ることを希望してないし、入ってねとも言われた覚えもないので、なおさらこの立ち位置はおかしい。

ついでに言うと、両方揃っているときならともかく、片方の死後もこの件について悩んでるのもわりとおかしい。

ただ、清喜が意外にいろんな人間に心配されているというか、気にかけてもらっているというのは喜ばしいことだった。

食堂のおばちゃんとか、特にそう。

復卿と清喜が交際を暴露するきっかけになった方々は、この二人の愛の行く末について、たとえ片方が逝ったとしてもきちんと見守っていかねばならないと、自分たちに半ば義務を課している。どういう類《たぐい》の責任感なのか小玉には理解できないが、多分いいことなんだろうと思う。

※

「貴官の着任を歓迎する」

きりっとした顔で言う王将軍は、出会ったときに比べて年を重ねたがゆえの渋みを増していて、非常に頼もしい将軍に見える。

はい、中身を知らなければの話です。

小玉は彼の中身を知っているどころか、熟知しているとさえ言えるくらいなので、特に感銘を受けることなく、「拝命シマシタ」、「感謝イタシマス」、「精一杯務メマス」と定型の挨拶《あいさつ》を返した。

ちょっとどころではなく、棒読みになってしまったが。

そもそも、小玉は王将軍のところから出たり戻ったりを繰りかえしているので、こんな格式張ったやりとりは別に省略してもいい。

実際前回は省略して、

「じゃあ今日からよろしく」

「はいっ、よろしくお願いします」

「それではこの書類を……」

と、簡単な挨拶のあとに米中郎将が、さっそく実務的な話に入るくらいには気心の知れたやりとりを交わしていた。

わざわざ気取った言いまわしをする彼は、真面目くさった顔をしているが、内心は絶対に楽しんでいると、小玉は確信していた。いつも心がお若くて結構ですね。

――この人との掛けあいの日々が、また始まるのか……楽しいからいいけどさ。

小玉はそんなことを思っていた。

目前で苦虫を噛《か》みつぶしたような顔をしている米中郎将も、半分は同じことを考えているに違いない。なお小玉と意見が重ならない半分は、「楽しいからいいけどさ」の部分である。

「そういえば、暁生《ぎょうせい》が昨日発《た》っちゃったって、本当？」

「はい、そうですよ。なにか用でもありましたか」

小玉と同じように班将軍の下で働いていた暁生も、元いたところに戻ることとなった。

つまりまた、沈賢恭の部下になるのだ。

彼の場合、小玉と同じ手続きがあるうえに、はるばる遠方からやってきて、そして帰ることになったのだから、小玉以上にたいへんなはずであったが、彼のほうはあまり徒労感がないようだった。

急いで結婚したせいで、妻側の親族にきちんとお披露目ができなかったから、これを機に……と喜んでいた。

彼といい泰といい、世の中愛妻家が多くてまことに結構なことである。

ただ暁生の場合、（泰のような比喩《ひゆ》表現ではなく）妻に一度逃げられているので、今度は逃げないでほしいという切なる願いを抱きながら、妻に接しているらしい。

小玉も女なので、奥さんを大事にするのはいいことだと思っている。だが、いつも「妻に逃げられるんじゃないか」と思っている夫というのも、それはそれで家庭の問題の火種になりそうな気がする。小玉にかぎらず女性武官は皆、ちょっと心配している。

しかしこればっかりは、他人がどうこう言うことでもないので、小玉はただ沈閣下によろしくお伝えくださいと言って、暁生と別れたのであった。

「なんだ～。餞別《せんべつ》渡しそこねたな」

王将軍は残念そうに呟《つぶや》く。

「あ、それは残念ですね。一声かけとけばよかった……ところであたしには、配属祝いくれないんですか？」

　米中郎将が口を挟む。

「手を出すな、手を」

「それは今度、うちで飯食べさせてやるから。甥《おい》っ子連れておいで。家内も喜ぶし、娘たちも今家にいるから」

「やった！　ありがとうございます」

　班将軍に比べるとほどほどに名門の王将軍の家で出されるご飯は、非常においしい。王将軍の夫人が厨房《ちゅうぼう》に立つこともあるのだが、彼女の作る料理もこれまたおいしい。

　これが班家だと、出てくる食事は高級すぎて小玉の口に合わない。というか、小玉の口にお料理さまが合わない。

　その点、王家の料理は小玉の口の「ご馳走《ちそう》」の上限を超えないあたりに位置する……ということは、丙にとっても同様だろう。

　王将軍の子どもたちとも知った仲なので、とても心穏やかなお宅訪問になるのは間違いない。純粋に楽しみだった。

「そうそう。出征中の甥っ子への対応とかについて、特に家内から話してやりたいことがあるからちょっと覚悟しておくんだね」

思いがけないことを言われて、小玉は思わず「ゔぁっ」と声をあげてしまった。米中郎将がこほんと一つ咳《せき》をする。

すみませんね、品のない声をあげて。

王将軍は、困った子に言い聞かせる感じの口調になる。

「この前のとき、甥っ子追いつめちゃったんだって？　駄目だよ、ちゃんと気を配ってあげないと。そういう技術持ってないんだったら、持ってる人にちゃんと相談するとか、任せ方考えるとかするんだよ」

小玉は目を二、三回瞬《しばたた》かせた。

小玉の実情、びっくりするくらい王将軍に摑《つか》まれていた。

「誰から聞いたんですか？」

「陳叔安」

「あっ……あー」

王将軍の口から出た名前に、小玉は納得した。

「彼真面目で善良だよね」

「はい、それはもう」

——王将軍とは所属違うはずなのになぜ……。

そこだけ疑問ではあるが、彼のことだから後ろ暗い手段を使ったわけでないことはわかっている。

小玉ほど出世しているわけではないが、真面目な働きぶりできちんとした人脈を築いていることがうかがえて、同輩としては嬉《うれ》しいかぎり。

「えー……はい、ありがたく拝聴いたします」

小玉は深々と頭を下げた。急に言われたからびっくりしたのであって、実際ありがたい申し出なのであった。

※

王将軍は配属祝いをくれなかったが、いいものをくれると言った人が他にいた。

班将軍である。

小玉と班将軍との交流も、彼の麾下《きか》から離れても続いていた。意外と人付きあいがいい御方……というと、彼に対して失礼である。なにより今回の人事は、表向きは人間関係の悪化によるものではないのだし。

彼は指揮官として、下の者への気配りも、一度構築した人脈を手放さない最低限の抜け目なさも兼ねそなえている。小玉も同様だ。自分と部下を守るためにも、班将軍との縁を手ばなすつもりはなかった。

班将軍が、悪事に手を染めることがないかぎりは。

「多分ないだろ」

「そだね」

小玉は文林に頷《うなず》く。

「冤罪《えんざい》ならありそうだが」

「そだね……ありがと」

小玉は清喜から茶碗《ちゃわん》を受けとりながら、これにも頷く。内輪だからこそできる話である。

現在、仕事の小休憩中であり、清喜が皆に茶を配っていた。

班将軍は、立ち回りが下手なわけではないが、かといって得意そうでもないし、敵が多い感じがある御仁だ。このあたり、敵が多そうでも立ち回りのうまい王将軍が、安定感という点で軍配が上がる。

「ま、将来冤罪で投獄されそうだから、関係断つってのも変な話でしょ。それに夫人もあたしのこと気にかけてくれてるし」

小玉が班将軍から「ちょっと距離を置けると嬉しいなあ」程度でおさめているのは、夫人が依然小玉のことを気にかけてくれているという事実が大きい。貴婦人に苦手意識はあるが、それはそれとして気にかけてくれる年上のご婦人に弱いのが、小玉の性質であった。

「お前は本当に、女性を……特に年上をたらしこむのが得意だな」

文林が感心した声を発した。

「人聞きが悪い……！　たらしこむってなによ!!」

「たらしこむっていうのは、復卿がやってたみたいなことだよ」

そんな補足は求めていない。

「言っておきますけど、復卿さんをたらしこんだのは僕ですからね！」

ここに聞きずてならない、という勢いで清喜が話に割りこんできた。お前の介入も今は求めていない。

「話ややこしくなったなあ！」

「すまん」

小玉が思わず声をあげると、さすがに文林が素直に謝罪した。

「僕ですからね！」

「わかってるわかってる」

小玉は文林の物言いに対して抗議していただけで、清喜が復卿をたらしこんだ……ということを、否定しているわけでもない。内実にあえて首を突っこまないようにしていたせいで、肯定する材料も持っていないけれど。

とはいえ、清喜が割りこんでくれたおかげで、文林が失礼なことこのうえない話題を続けるつもりを失ってくれたから、小玉は彼の非礼をとがめないことにした。そもそも清喜が割りこんできた話の内容自体、重要なことではないのだからして。

「それで、今回も俺に付きそってくれって？」

「よろしくお願いします……」

小玉は神妙に頷き、頭を下げた。小玉も王将軍同様に部下に頭を下げる人間であるが、理由は班将軍よりも王将軍に近い。

「……それにしても、馬か」

「そう、馬」

妙に重々しく言う文林に、同じく重々しく小玉は答える。

「そんな深刻な声出すことじゃないだろ」

横で黙って見守っていた明慧が、ここでようやく口を開いた。呆《あき》れた声だった。

なんのことはない、麾下から離れる餞別として、新しい馬を贈ろうという話が班将軍から出たのだ。

幾ばくかは、例の件について、小玉に対する償いの気持ちもあるのだろう。

「問題ないんじゃないかい？　あんたの沈閣下からもらった馬ももうだいぶ年だから、新しい馬に乗るようになっても角は立たない」

「そうねー、引退の時期としてはいい時期かも」

仮に小玉の愛馬がまだまだ若かったとしても、賢恭本人は気にしないだろう。もしかしたら「受けとりなさい」と背を押してくれるかもしれない。

だがここで無神経にほいほい受けとると、賢恭本人が気にしても気にしなくても、元部下に軽んじられたという事実によって、賢恭が周囲につけこまれてしまう隙を作ってしまう可能性がある。そして賢恭本人はともかく、賢恭の直属の部下たち——小玉にとって頭の上がらないお兄さんたちに、間違いなく怒られる。

怒られるほど気にかけてもらっているうちが華とはいっても、怒られないように気をつけるのは最低限のたしなみだ。なもんで、そこは小玉側がきちんと気にしなければならないことだった。

こういうところ、公私でいえば公に傾いている付きあいってたいへんである。でもその点、今回はそこで頭を悩まさなくてすんでよかったなと、小玉は思っている。

あるいは班将軍はそこまで調べたうえで「馬を……」と言ってくれたのかもしれない。そうだとしたら、やはりできる人ではある。人から恨みを買って、足を引っぱられた人でもあるが。

班将軍曰《いわ》く、よかったらうちの馬場に直接馬を見にくればいい、そのなかで気に入ったものをくれてやろう……ということだから、さすが名門の出である。償いの気持ちがあったとしても、好きな軍馬を一頭くれてやるとか、中々口に出せるものではない。言うまでもないが馬というのは高価なものなのである。

「……お前の馬選びに、なんで俺が付きあわなきゃならんのだ、という気持ちはあるんだがな」

文林は心底めんどくさそうである。気持ちはわかる。最近なかなか取れないちゃんとした休みを費やしてくれ、と言われてるのだから。

文林が今の仕事を気に入っているのは、他人である小玉の目から見ても明らかであるが、好きであろうが好きでなかろうが、仕事をすれば疲れるものだし、休みの日には休みたいものなのである。

「あたしとしては、あんまり高価すぎず、なおかつお祝いとしてもらってもおかしくない、こう……ぎりぎりの線を突きたいのよ。あんたそういうの得意でしょ」

小玉は「こう」と言いながらしゅっしゅっと、正拳《せいけん》突きの動作をしながら主張する。

「まあ、得意だな」

文林の目にちょっと光が宿った。

「それに、班将軍に言われたのよ。馬見るついでに、あんたと壺《つぼ》とか鑑賞したいって……どうせお前は興味ないだろうからって」

「それを先に言え」

文林の目に宿った光が、輝きを増した。

「そんなに壺見たかったの？」

くるりと返された手のひらに、小玉はそんなに好きだったのかと感心する。名品鑑賞が文林の趣味だと知っていたとはいえ。

「違う。名指しで俺も呼べと言われたんだったら、俺だって嫌みを一切言わずに付きあうさ」

「あ、やっぱりさっきの嫌みだったんだ」

ご趣味だけじゃなくって、そういうご気性も班将軍と気が合うなこのやろうと小玉は思った。

「班将軍……思うところはあるんだが、壺鑑賞まで小玉と一緒にやろうとしないあたり、よくわかってくれてるんだなあ」

明慧がなんだかしみじみと頷き、周囲もうんうんと頷いた。その中にはもちろん、小玉本人もいた。

馬はともかく、壺に関しては水が汲《く》みやすいかどうかぐらいしか評価できない自信がある小玉であった。

※

そして万障繰り合わせて、三人で班将軍のところに行った。

そう、三人。

「いやあ、爽《さわ》やかな日ですね〜馬もよく肥えていて」

「秋だからな」

文林は遠くを眺めていた目を、三人目に向ける。

「なんでお前、ここにいるんだ」

かつての宣言どおり、小玉のおはようからおやすみまでをおおむね見守って復卿に報告してくれてる、楊清喜に。

とはいえ、今日彼がこの場にいるのは、無条件に小玉を追いかけているからというわけではない。

「僕、従卒ですから。戦地では閣下の馬は僕が面倒見るんで、今のうちから顔合わせしたくて。あと閣下も、世話する人間から見た意見が参考になるかもしれないから、付いてきてって言ってくれたんです」

「なるほど。今日に関してはちゃんとした理由だな。しかも二人とも」

文林はちょっと感動していた。小玉と清喜の両方が納得できる理由を持っているというのは、めったにない。

いつもの理由に関しては、言及を避けたい。

二人がぼそぼそとどうでもいいことを話しているのは、手持ち無沙汰《ぶさた》だからだ。良さそうな馬を見繕った小玉が試し乗りに行ってしまい、二人して暇を持て余していた。

「……よい機会だ。お前たちも好みの馬に乗ってはどうかな？」

そんな二人に、班将軍が声をかけてくる。ふだん多少嫌みったらしくても、こういう気を回してくるところが、彼の長所である。

ここで断るのはかえって失礼であることを知っている文林は、素直に頷《うなず》いた。

「ありがとうございます。では……」

と、視線を巡らした文林の目に、なにやら白いものが飛び込んだ。高々とそびえ立つそれは、後ろ足で立った一頭の白馬だった。

——なぜ二足起立？

思った瞬間、その馬は前足で目の前の馬をどかん！　と蹴《け》り倒した。それはもう、見事な蹴りっぷりであった。

「……将軍、あれは」

「いい馬なんだが、見た目通りじゃじゃ馬でな……」

特に繁殖期以外の雌馬の気性は荒い。それは文林もよく知っているが、それにしても見事な荒れ狂いっぷりである。

「うまく調教できたらと、宮城の厩番《うまやばん》を招いてみたのだが……」

暴れる白馬に縄だのなんだのひっかけているのが、その厩番らしい。

清喜が目の上に手をかざしながら、ぽつりと言った。

「あのご老人、なんか熱く説得してるみたいですが、馬ってそこまで高度な話、通じるもんなんですか」

馬を選ぶのも忘れて、異様に見応《みごた》えのある調教の様子を見守っていると、後ろから声がかかった。

「……何事ですか？」

振り返ると小玉である。額が軽く汗ばんでいる。

「おお、乗り心地はどうだったか？」

「悪くないですね｜。ただもうちょっと……」

小玉の言葉が半端なところで途切れる。

「小玉？」

文林のかけた声にも答えず、小玉はさくさくと下生えを踏みしめながら歩き出した……暴れる白馬のほうに。まっすぐそちらを見つめながら。

誰かが彼女を止めるよりも早く、小玉の姿を目にした白馬がぴたりと動きを止めた。一人と一匹の視線が重なる。


その瞬間、二者の間になにやら情熱的な音楽が流れたと、間近にいた宮城の厩番・孫五《そんご》氏は後に証言する。

きちんと否定する材料以前に、気力を持ち合わせた人間がいなかったので、彼は終生その主張を引き下げることがなかった。

小玉はきらきらと輝く目を班将軍に向ける。

「……あの、あの！　班将軍！　この馬がいいです」

「うむ、連れて行くといい」

班将軍は重々しく頷く。ここで文林たちは試し乗りはいいのかとか、金額的なところについて相談するんじゃなかったのかとかいうべきところだったのだろう。しかし一人と一頭がお互いになんらかの感情に落ちた瞬間を目の当たりにすれば、それを言うのは無粋というものだった。

それ以前に、付きそいの男二人は一種の恐怖に慄《おのの》くのに忙しかった。

「一目惚《ひとめぼ》れって、人馬の間でもあるんですね……」

「あいつ、女なら馬までたらし込めるのか……」

「種族と性別を超えた……いろいろ超えてますね。そこまで超えるとどういう感情なんですか？　恋の範疇《はんちゅう》に入りますか？」

どういう感情に分類すればいいのやら。

「知らん。立場と性別をいっさい気にせず、復卿とくっついたお前にわからないなら、俺にわかるわけないだろう」

文林にしてみると、かなり理にかなった物言いのつもりだったが、清喜からは辛辣《しんらつ》な言うかがった。

声もかなり冷ややかで、文林は彼らしからぬ行動であるが、清喜の表情をおそるおそる

「そういうのって、思考の放棄だと思いますよ」

葉が返ってきた。

「……お前、今ので少し怒ったのか？」

「僕たちの関係を茶化していいのは、閣下だけだって決まってるので」

どの省庁によって明文化された決まりなんだ……なんていうことを冗談として言えるような柔軟さを文林が持っているわけがなく、また皮肉として言うにはさすがに文林にも負い目があったので、彼は素直に謝罪したのであった。

清喜との空気がいくばくかぎくしゃくしたものの、小玉の馬選びが終わり場所を変えることになったため、居心地の悪さで困ることはなかった。結局文林たちが馬に乗る話はうやむやのうちに消えうせたのだが、二人とも特に抗議することはなかった。

清喜は厩の人間たちから話を聞くため馬場に留《とど》まり、小玉は琮《そう》夫人に呼ばれて屋敷《やしき》の奥へ向かい、そして文林は予定どおり壺《つぼ》と向きあうことになったのだが、その前に班将軍の息子と向きあうことになった。

「息子だ。擒虎《きんこ》という」

「初めまして」

まだ少年の面影が色濃い彼は、父からの紹介に合わせて頭を下げた。父のような厳《いか》めしさは欠けていたが、容貌《ようぼう》はやはり親子、よく似ている。

「初めまして」

ここで班将軍の息子とわざわざ対面させられる理由を測りかねた文林は、頭を下げてから班将軍の顔を見る。

「近々、息子も軍に入る予定だ。比較的年が近くて性別が同じ相手に合わせてやりたかったのだ」

引き合わせたのが小玉ではなく文林であるということに、なんらかの思惑があるのでは、と疑った文林であったが、特に害のないものだった。

「左様でしたか」

——そういえば、あいつ女だったな。

文林にとって小玉は、未《いま》だに性別・小玉なところがあるのだが。

年が近いというには、むしろ清喜のほうが条件に合うのだが、おそらく育ちを考慮に入れているのだろう。いかにも品のよさそうな擒虎と対面させられたところで、あの清喜でも困る……いや、困りはしないだろうが、「あたりさわりのない話題」として小玉の武勇伝を選びそうなので、ずっと聞かされるほうが困るだろう。

あと軍の入り方。おそらくこの青年は武科挙《ぶかきょ》を通って軍に入るはずだから、同じ経験をしている文林から話を聞きたいのだろうなと文林は考え、その考えは的中したのだった。

もちろん当初の予定どおり、壺も見た。

文林からしてみると、まあまあ有意義な時間ではあった。将来の同輩と交流を深めるというのは損にならないことだったし、なにより出された壺が目を喜ばせた。

だから帰途、小玉に問われた文林は即答できたのだった。

「いい壺だった？」

「ああ！」

「よかったですね」

さっき険悪な雰囲気だった清喜もにこやかに声をかけてくれたので、一日の締めくくりとしては悪くない。

休みが半分仕事で潰《つぶ》れた感はあったものの、まあまあ楽しめたし、こうして小玉が新しい愛馬――後の白《はく》夫人を手に入れたのであるからめでたい。ついでに孫老人からの絶対の敬意も得たらしいのだが、これについて文林は評価を差しひかえることにした。

余談だが、後に小玉が後宮入りし、白夫人が宮城に全面預かりになったとき、もっとも熱烈かつ当事者たちよりも率直に喜んだのはこの孫老人である。

※

「それだとあんた、最近休みがないねえ」

「いや、これはあたし、ちゃんと休みだと思う」

次の非番の日には、王将軍のお宅訪問の予定が入っていた。それに対して呆《あき》れた様子で言うのは明慧である。

「まあ、夫人のお説教が待ってるのは恐ろしいんだけど……」

手ぐすねひいて待っている夫人を思うとちょっと気が重いのだが、内容は丙のことについてなのだから、小玉にとっては私的に大切なことである。

「まあいいんだがな。俺はそういう……公の付きあいの人間に、私《し》の部分にまで踏みこまれるのは、あまり好きではないな」

文林が顔をしかめながら言う。

「おお、自分のことを棚に上げて言いおる言いおる。あんただって、あたしの家の面倒とか見てくれたくせに」

小玉は冗談めかしてけっこう正しいことを言ったつもりだったが、文林はそれに動じなかった。おそらく彼の中ではきちんと区分ができていることなのだろう。

「まあ、今回はあんたを呼ばないから、ゆっくり休んでちょうだい」

「ありがたいお言葉だが、その日俺は非番じゃないから、ここでゆっくり仕事をすることになる」

「う」

班将軍のお宅訪問で文林の休みを潰した身としては、耳が痛い。

「ゴメンネ……」

「えっ、今どこから出た声なんだ？」

自分でもびっくりするくらいか細くてかん高い声が出たが、文林よりも明慧にびっくりされてしまった。


王将軍の家は、なんというか賑《にぎ》やかだ。

「おお、小玉ちゃん来てたんかい」

「あらっ……帰省ですか？」

「まあなー、今度結婚するから、相手のおうちへの挨拶《あいさつ》のついで」

「ええ〜、おめでたいじゃないですか〜。どこのお嬢さんですか？」

門をくぐって早々、いきなり王将軍の長男と出会って好奇心丸出しの質問をしたり、

「あらまあ、かわいい坊や。小玉ちゃん、昔こんな感じだったわね〜」

「いや……初めて来たときでも、あたしもうちょっと年行ってましたよ」

「でもちっちゃかったわよ。これくらいだったでしょ」

「いや、さすがにそこまでは小さくないです！」

丙をわしわし撫《な》でる王将軍の次女の記憶を、必死に訂正したり、

「小玉さん……あなた、こういうときにどうして、私みたいな人間を頼ることを覚えないの？」

「ありがとうございます、すみません」

王将軍の夫人には怒られるというより、嘆かれてしまったりと、班将軍の家とはまったく違うやりとりに奔走することになったのだった。

なお今の丙は、慣れた相手である清喜も常に丙と一緒にいるうえで、人がたくさんいるこの環境に心が落ちついたらしく、その様子を見て、小玉は来てよかったなあと王将軍の招待に感謝したのだった。

「おばちゃん……このご飯、おいしいよ……」

「わかる、わかるぞ甥《おい》よ……」

振るまわれた食事は、小玉が思ったとおり丙にとってもご馳走《ちそう》で、感動にうち震える彼に、小玉は重々しく頷《うなず》く。

清喜は清喜で、一口食べるなり口元を押さえて言う。

「これ……作り方、僕知りたいです」

「残念なことに清喜よ、あたしも教えてもらえてないのだ……」

「さっきからどうしたんですかその口調」

三人のやりとりを見てにこやかに笑うのは、王将軍の妻である裴《はい》夫人とお腹《なか》の大きい次女。次女がここにいたのは、出産を控えていたからだった。

長男は父親の相手をしながら、酒を飲んでいたが、

「だいたい私が、お母さんと結婚したのはねえ！」

「また始まったよ、お父さんのあれ」

王将軍がひときわ大きな声をあげたところで、さっさと席を外して、「丙くん、馬見に行かないかい」とわかりやすく逃げに走った。

どうすればいいのかわからない、という様子の丙の背を小玉は押す。

「いいよ、行っておいで」

「小玉ちゃんは？」

「あたしは将軍のお話を聞くんで」

「いいのよお、小玉ちゃんそんなの……」

次女は巻きこまれてとってもお気の毒、という感じの表情になったが、実をいうと小玉は王将軍と裴夫人の馴《な》れそめを聞くのが好きだった。とてもにやにやするし、次に王将軍に会ったとき、王将軍が恥ずかしそうな顔をするのを見るのも楽しいので。

※

そんな感じで小玉は上官およびそのご家族たちと交流を深めていたわけだが、まったく憂いなく過ごしていたわけではない。

それどころか仕事中は、足りない人手を補うために常に憂いに満ちていたわけなのだが、外部的な要因でも憂いが発生した。

「秋でございますねえ」

「秋ですからねえ」

知らせを聞いた小玉と明慧は、風物詩を鑑賞するように改まった口調でしみじみと言うが、実際のところはそんな風流なことをしているわけではなかった。


秋になると馬が肥える。

そうなると、戦いやすくなる。

つまり、また戦が始まるのである。


嬉《うれ》しいことに、小玉たち側の皇帝は今も外征に興味がないのだが、嬉しくないことに、寛《かん》のほうが依然好戦的なのである。

寛から奇襲に近い攻撃が加えられ、命令を受けた王将軍は急遽《きゅうきょ》部隊を編制し、国境《こっきょう》へ向かうことになったのだった。

「最近向こうの連中、ぐれはじめたんかねえ」

「ええ～、いやですねえ、迷惑！」

軍議に行った小玉を待つ間、近所の不良少年を遠目にひそひそ話をする主婦みたいな会話を繰り広げる明慧と清喜。

聞こえなそうでけっこう遠くまで聞こえる声量なあたりが、本当に主婦の井戸端会議みたいだな……と、聞いていた文林は思ったが、特に口に出さなかった。なお坊ちゃん育ちの文林が主婦の井戸端会議を知っているのは、小玉の家の近くで見聞きしたからである。

「ねえねえちょっとそこの二人……いや他の人もなんだけど、聞いてちょうだいよ。ありがたいお知らせがあるのよぉ」

そこに加わるもう一人の主婦……いや、戻ってきた小玉。

返事をしたのは、明慧だった。

「なんだい？」

「今回、うちの部隊は出征なしです」

「うわ、ありがたいな」

明慧が思わず、というような声をあげる。

もちろんちゃんと聞いていた文林も、「お」と声を漏らした。

「嬉しい」というのではなく、「ありがたい」。ここの違い、ちょっとどころではなく大事である。

小玉たちも国の守りを担う立場の、それも責任者側の立場として、出征せずにすむと決まって「わーい」と浮かれるなんてことはない。今さらすぎる。けれども今回については、自分たちが出征部隊に組みこまれるのは、かなり条件が悪いと思っていた。

現時点で小玉たちは、復卿と泰が抜けた穴をなんとかふさいで、さあこれから安定する方向に持っていこう！　という段階なのだから。

なお、その助けとなるはずだった泰の後任は、埋めた穴の中にはいない。わりと早い段階で音を上げて、小玉の部隊から去っていった。歓迎会を行うよりも先に。

とはいっても、小玉たちは忙しすぎて歓迎会を先のばしにしていたので、早さを測る目安にするのは酷というものだろう。そして、歓迎会どころか送別会も開けなくて、本当に申しわけなかったと小玉は思っている。

泰の後任について、あの程度で参ってしまうのならば、そもそもうちではやっていけなかったと思う一方で、自分たちの仕事の任せ方が悪かったのだろうかと悩んだりもして、小玉も文林も明慧も静かに落ちこむできごとであった。

なんでもかんでもうまくいくものではない。特に人を育てる、ということについては。

けれどもそんな一般論で、この話を終わらせてはいけないのも事実だった。

小玉の部隊は、他のところで爪《つま》はじきにされた者や、嫌なめにあった女性兵たちをかなり受けいれており、門戸を開いている印象を他に与えている。けれども下の者たちについてはともかく、小玉を直接補佐する上のほうの人間はここ数年あまり動きがなかったし、そのことをあまり問題視していなかった。

おそらく唯一気にかけていたのは、復卿くらいなものだろう。彼は自分の女装のせいで人が居着かないのではと、少し悩んでいたから。その割に女装やめなかったけど。

小玉は、わりと色んな人間の懐に入れるが、自分の懐に入れる人間については極端に狭いところがあって、しかも入りこめる人間はたいてい変わり者ときている。かつて文林が小玉についてこれたのは、当時の小玉に対する敵意のおかげだとか、文林本人も大概困ったちゃんだからとかいう要素のおかげに他ならない。

あと、復卿が文林に合ったかたちで、ほどよくちょっかいをかけてやっていたからというのもある。

しかも小玉たちは閉ざされた世界で長いこと完結していたぶん、兵たちを鍛えるのはともかく、自分たちのような立ち位置の人材を育てる方法の蓄積がなかった。

よそから見ているぶんには多分楽しい職場なのだろうが、そこにいきなり突っこまれる「普通の人材」にとってはたまったものではない。しかも復卿はもういない。いたとしても女装しているから、それはそれで「普通の人材」は困ったかもしれないが。

さらに、今回泰の後任の指導に携わったのは、理論的でまあ常識的とはいえるが人の感情の機微に疎い文林だった。こんなの、小玉が差しいれてあげる飴《あめ》ちゃんだけで頑張れるわけがない。

だから新人の離脱はなるべくしてなった結果であるし、過去の小玉がおろそかにしてきたことが跳ねかえってきている。

それは主に小玉の自業自得なのだが、わりと優秀な人材を一人潰《つぶ》しかけたことについて、小玉たちは静かに落ちこむだけで終わらせるのではなく、もっと真剣にこの問題に取りくむべきではあった。本当はずっと前から。

そうすれば泰の周囲に、いつも同じ女しかいない！　と彼の細君が追いつめられる事態も、そこまで深刻なものにならなかったかもしれない。

彼女たちも万能ではない。皆まだこのことに気づいておらず、結局またあいた穴を、まあまあ馴染《なじ》みの深い簫自実《しょうじじつ》を投入することでなんとか埋められてしまったので、彼女たちがこの人を育てる問題と向きあうのは相当先のことになる。

ところで人を育てる、といえば。

「王将軍、丙のことを気にかけてくれたんかねえ」

先の出征の際に丙への対応をおろそかにしてしまい、結果まだ幼い子どもを情緒不安定な状況に追いやってしまったことを、王将軍は気にかけてくれていた。この時点で小玉は王将軍の部下ではないというのに、だ。

だから今回の出征で外してくれたのだろうかと言う明慧に、小玉は口をきゅっと引きむすんで首を横に振った。

「あの方は、そういう人じゃないから」

などとはっきり言えるのは、そこまで王将軍の人となりを熟知しているからではなく、本人に直接確認をとったからだ。

実をいうと小玉も、今明慧が言ったようなことをちらっと思いはした。だから「もしかして将軍……小官の甥のこと……」と、若干言葉を濁しつつも尋ねたのだが、その結果王将軍に真顔を向けられた。

「そんな私的な都合で左右するわけはないだろう。もし本当にそう思っているのならば、私のことを更迭するよう大家《たいか》に奏上しなさい」

　そして手厳しく叱られた。

「おっしゃるとおりです……」

　小玉は縮こまりながら頭を下げた。

　頭上からは手厳しい言葉が、さらに降りそそぐ。

「お前の部隊の柱が二本抜けて、新しい柱はすぐに脱落した。その状況でお前を戦に参加させるのは、私を含めた全員の命とりになりかねない。そう判断したからこそこの編成だ。現状についてお前が悪いとは言わないが、自分の部隊を安定的に運用できていない現状は力不足であることの証《あかし》だ。それを重く受けとめて、帝都で留守居をするように」

　部下に頭を下げなそうな班将軍が頭を下げたときよりも、いつもおちゃらけているような王将軍が真面目に説教することのほうが、小玉の心にはぐさぐさと突き刺さる。

「はい」

　いやもう、自分が心底恥ずかしい。

　猛省して小さくなっている小玉であったが、王将軍はそれに向かってちょっと笑いかけてくれた。

「私が戻ったら、また三人でうちにおいで。この前来たとき、家内は君の甥《おい》っ子の相手して楽しそうにしてたから。うちの子たちはもう育ちきっちゃって、かわいげがないからねえ。というか、そもそも家にいないしねえ」

「……ありがとうございます」

王将軍の気づかいにますます小さくなりながら、小玉は申し出をありがたく受けいれたのだった。それにしても、ごく自然に頭数に入っている清喜というのは一体……。

――王将軍が戻ってきたら、なにを手土産にすればいいだろう……。

小玉はそんなことを考える。

「そのとき」が来るのを小玉は疑わなかった。

けれども「そのとき」は二度と来なかった。

※

奇襲を成功させるためにか、寛の兵の数は多くないと聞いた。小競りあい程度の規模の戦いになると小玉は予想していた。

予期せぬ増援が来ることもなく、この戦の規模自体は確かに小競りあいで終わった。

しかし、戦い以外のところで問題が発生したのである。

王将軍が戻ってくるまでに少しでも部隊の運用を安定させようと、小玉ははりきって仕事をし、今や書類仕事を一手に担う文林をおおいに喜ばせた。お前のためじゃないと思ったし実際言いもしたが、

「俺のためにやってなくても、俺のためになっているから問題ないんだ」

などと平然と返す文林の面の皮は、日々厚くなっている。こいつに愛称をつけるとしたら、「厚顔」にしてやりたい。

そんな中、戦地より一報が届いた。

——ごめん、ちょっと手伝って。

実際はもうちょっと真面目な感じの書きぶりであったが、王将軍の性格を脳裏に浮かべながら翻訳すると、だいたいそんな感じの内容。

まさか戦況が悪化して増援が必要なのか？　と思った小玉は、緊張が走る背筋をぴんと伸ばしたが、知らせを読みすすめるにつれて、その戦況とはあまり関係ないかたちでの助

力が求められていることがわかった。

戦いの最中、王将軍は川の堤と用水路が切れかけている部分を発見し、このまま冬を越すと間違いなく春の洪水で壊れて人的被害を出すと判断し、土木工事面での人手を要請したのだ。

そしてその指揮に、彼は小玉を指名した。

公共事業系の土木工事の管轄は、文官を束ねる六部《りくぶ》の柱の一つである工部《こうぶ》であるが、実働は軍の役割である。もちろん小玉も何度となく陣頭指揮をとってきたし、小寧に左遷されていたころは、率先して杭《くい》を地面に打ちこんできたものだ。

戦いが武官の華ならば、土木工事は実だと小玉は思う。そして小玉は、華より実のほうが好きである。だから機会があれば、積極的に引きうけてきた。

好きこそものの上手なれ、というのはすべての物事に当てはまるわけではない。だがこの件についていうと小玉はまさにそれで、武威衛《ぶいえい》どころか軍屈指の巧者として知られていた……主に工部と兵部と軍の一部で。

小玉の人物評とか知名度はけっこう偏りがあって、文官である小玉の友人曰《いわ》く、兵部の文官はもちろん小玉のことを把握しているが、色物将官という印象を強く持っている。他のところでは「あの平民出の女将官ね」という感じだし、職掌的にもっとも遠い礼部《れいぶ》とかにいたっては、「へえ、そんな人いるの」という反応である。小玉もその評価に、納得はしている。

そんな中、工部の文官の中で小玉は戦績ではなく工事の腕前で有名で、そしてかなり高い評価を受けていた。

能力的にできることをやって、できて、褒められるのはもちろん嬉《うれ》しい。だが好きなことをやって、できて、褒められることのほうが嬉しい。

そして今小玉は、王将軍直々の指名で「好きなこと」をやってくれと頼まれたのだ。

戦の面では文字どおり戦力外通告を受けたにもかかわらず、そして部隊の運用に不安定なところがあると思われているにもかかわらず、彼はこの仕事は小玉が最も適していると判断を下したのだ。

嬉しくないわけがない。

「やる……」

思わず漏れた声は震えてしまい、文林に「どうした？」と怪訝《けげん》な顔をさせてしまった。けれどもそれにはかまわず、小玉は鼻息も荒く言いはなつ。

「やるわよ文林。絶対に成功させるわよ！」

「お、おう……やらないって言ってもやるしかないし、成功させるしかないんだがな」

文林は気圧《けお》されつつも、すでに皇帝からの命令も出ていることを小玉に知らせた。つまり後に引けない仕事であるが、引くつもりは小玉になかった。

絶対に負けられない戦いが、ここにあった。

「お前って、こんなに勉強熱心だったんだな……！」

「あ？」

紙面から顔を上げた小玉の目の下には、くっきり隈《くま》ができている。

感動の声を上げた文林も同様であった。

一方、対照的なくらいに明慧の目がはっきりぱっちりしているのは、彼女については小玉の命令で休息を最優先にしてもらっているからである。彼女には現場でしゃかりきになって働いてもらうつもりなので。

命令を受けて数日。小玉はまだ出発していなかった。

今回は片方で戦い、片方で工事をするという状況下。しかも雪が降った時点で時間切れという制限もある。

急を要することではあるが、これについては拙速を尊ぶと失敗するのは明白だった。

なによりも重要なのは計画である。工事の方向性……堤は念入りに補強する必要があるが、用水路についてはこの冬を越せるくらいでとどめ、年が明けてからまた修復を行ったほうが効率がいいのではないかとか、資材はどこで調達し、運搬するかとか……。もっとも効率のいい方法は……、経路は……。

「どうすればいいのか」決めなくてはならないことばかりで、決まっているのが期限だけときている。

あと素材。

素材という観点だけでいえば、土も石も木も現地にはいくらでもあるのだ。問題はそれが資材になるとは限らないということ。

さらさらの土はこういう工事には向かないし、石もいくら量があろうとも小石しかなかったらお話にならない（小石も状況によっては使うけれど）。木にいたっては、現地に適した大きさの木があったとしても、切りたおして加工したり乾かしたり……なんて悠長なことを今からやってられない。

「あるだろう」を前提にして動かず、「ないだろう」の思考で全部調達しなければならない。

かといって帝都から出発した時点で全部の資材を持っていくとなると、それはそれで問題が発生する。間違いなく進軍は遅くなる。到着するころには春が来ていて、洪水を前に間抜けな顔をさらすことになる。

当座必要な木材については、真っ先に調達したうえで筏《いかだ》として組みたて、耐えられる程度の重さの土とともに川を下らせることにしたが、問題はその川である。広い国土に川はたくさんあるが、こちらに都合のいい川はなかなかない。広さ深さに、流れる向きとか、流れる速度とか。

小玉は机に置いた地図の上を、人さし指で激しく連打する。机の脚の長さがちょっとずれて傾きやすいせいもあってがががっと激しい音が響くが、小玉のやけくそな声のほうがそれをかき消す。

「傾斜……いや、傾斜……いや、ここの川の流れ、急に激しくなんないかなあ！　こうさあ、片側の土地をぐわっと持ちあげてさあ！」

と言いながら、小玉は地図の端っこを持って持ちあげる。

そんな非現実的なことを口走る程度には、だいぶ追いつめられている小玉である。

「まずそのための工事に、必要な時間がないだろ……」

「いや、そんな真面目に返してほしいんじゃないのよ」

小玉がものすごく冷ややかな目で文林を見る。

「不真面目に返さないといけないような発言をしている場合か？」

こういうとき、縮こまって「ごめんなさい……」と謝るのが様式美のようになっているのだが、今の小玉はだいぶ気が立っていた。

「あ？」

「文句あるのか？」

一触即発の気配が漂う。それを崩したのは、自実ののんびりした声だった。

「それで、流れの速さ以外は問題ないんだったら、この川が第一候補？」

爽《さわ》やか自己中と名高く、自分の身体《からだ》を第一に考える自実は、明慧ほどではないがかなりしっかり休みをとっているのと、本人のもともとの性格のおかげで、ぎすぎすした空気をちょっと和らげてくれる。

「いや、こっちの川のほうがいいんじゃないか」

「そうなると、進路面で陸進む連中がかなり大回りになるよね」

「もう帝都から出発する段階で、二部隊に分けたらどうだ」

「ええ～……石材側が遅れたら、先に着いた連中することがないわよ。待ってる間なにしたらいいの？　踊ってればいいの？」

「……………」

文林が顔を覆った。

「黄がいたらなあ……」

ぼそりと呟《つぶや》いたのは自実である。復卿とはお互い敬遠しあうかたちで距離を置くという大人らしい割りきり方で不仲にしていた彼は、皮肉なことに復卿の穴を埋めるようによく働いてくれていた。

その彼に「いてくれたらなあ」と言わしめる復卿は、意外なことに各地の地勢にかなり詳しかった。

南方の田舎か宮城の一部にのみ詳しい小玉、帝都生まれ帝都育ちの坊ちゃんである文林、帝都近くの大都市生まれ、武者修行に適した山しか知らない明慧……そんな面々に比べれば、多少知ってるくらいの人間でも「詳しい」部類に入るだろう。けれどもそれを踏まえてなお、復卿は大多数の人間から見ても詳しい人間だった。

なんでも幼少期、父に連れられて各地を回ったことがあり、しかもある程度の年になってからは自発的に旅に出たこともあったらしい。

それを聞いた小玉が復卿に、

「自分探しでもしにいったの?」と冗談めかして聞くと、

「いや、いい女探しに」と大真面目に言われて、返す言葉に困ったものだった。

妓楼《ぎろう》は帝都だけではなく各地にある。彼はわざわざその名所を巡っていたらしい。

なお旅を経て復卿が得た人生訓は、「水郷《すいきょう》にはいい女が多い……」というものだった。

それを聞いて、こいつ筋金入りだなと、小玉は思ったものである。

不純な動機の副産物ではあるが、ちょっと離れたところに派遣されることが決まったときには、準備段階からおおいに役だったものだし、その手腕は今、この時こそもっとも光っていたに違いない。

嘆いたところで彼は戻らない。それは事実だ。

けれどもだからといって、故人を想起して口数が減るような対象にならないのが、復卿の復卿たるゆえんだった。

自実の呟きを聞いた小玉と文林は、天を仰いで復卿のことを思い、彼のことを求めて激しく嘆いたのである。

なんか彼って、そういう人柄なところがあった。

「んああ復卿、復卿……!」

「今戻ってきたら、あいつのこと抱きしめて歓迎できる」

「は？　抱きしめるのは僕だけに許された特権ですけど？」

清喜の声が怒りで震えているのは、彼も疲れているのか、それとも文林の言いまわしが、素で清喜の逆鱗《げきりん》に触れたのか。

「あんたたち、もう寝る時間だ」

一人まっとうな思考を残している明慧が、静かに宣言した。

彼女は工事現場で元気に働く以外に、もう一つの役割を担うはめになった。

小玉たちが錯乱しそうになったら強制的に寝かせる、という。


そんなふうに切迫した事態の中、小玉は王将軍の戦いのことはまったく心配していなかった。

割とよくある戦い、寛との戦いに慣れている王将軍の指揮下での戦い。

気が楽な戦いなんていうのはないし、油断していたわけでもない。というか起こったことは、小玉の気の緩みなどとはまったく関係ないところで起こった。


「……え」

小玉は耳を疑った。

「も、もう一度おっしゃってください、閣下」

無事に工事を終え、王将軍の本隊と合流した小玉は真っ先に王将軍に挨拶《あいさつ》しようと、彼の姿を探した。

その彼女に、米中郎将がやけに無表情に言ったのだ。

「王将軍が、戦死された」

はっきりと言われた言葉は、疑いようもなく、また聞き間違いようもなかったのだが、やはり信じられなくて、小玉は呆然《ぼうぜん》とした。


「そ、んなこと……伺ってません。伝令は、なにも」

小玉は唇を震わせて、首をむやみに横に振る。

「先ほどのことだ。今知らせを出そうとしたところだった。まさか直接伝えられることになるとはな……ずいぶん早く済ませたものだな。王将軍の人選に間違いはなかったようだ」

言葉の後半で、米中郎将はほんの少し微笑《ほほえ》んだが、それは「頑張って唇の端をあげようとした」という感じのものでしかなかった。

王将軍が戦死した。

それは復卿のように小玉を庇《かば》ってだとか、小玉の失敗によるものでの死ではなく、小玉とは関係ないかたちで王将軍は敵兵に討たれた。

小競り合いであったとしても、多かれ少なかれ人は死ぬ。王将軍は今回、その一人になったのだ。

「世にも『まっとうな』戦死だった」

米中郎将が、皮肉げに言う。生真面目ならしからぬ物言いをする。彼の顔には、憔悴《しょうすい》が色濃く滲《にじ》みでていた。それは疲労だけが原因ではないはずだった。

「ご、ご遺体は……」

そんなことを言いながらも、自分の口を操っているのがまるで別人であるかのような、すべての感覚が乖離《かいり》したかのような気持ちになる。

「きちんと、お連れしている」

そのことに、小玉はわずかな救いを感じた。

王将軍の死に動揺を見せず、米中郎将がすぐに指揮をとったおかげで、王将軍の遺体はそれほど損壊されていない状態で回収できた。

「身を清めて差しあげても、いいですか……」

「もちろんだ。だがお前本人がやるのはやめろ」

「どうしてですか？」

かつて清喜が復卿にやってあげたように、小玉は王将軍の顔や手足を拭《ふ》いてあげたいと思っていた。

「いくらお前でも、若い娘にそんなことをされるのは、王将軍のご意向に背く」

「もうあたし、そんなに若くありませんよ」

「将軍にとっては、いつまでもちょこまか動く小娘だよ、お前は」

悪口にしか聞こえない。

だがそれを聞いた小玉は、目に涙が浮かぶのを感じた。

はっ、と大きく息を吐いてその衝動を逃そうとするが、米中郎将は小玉のそんな努力を無駄にしてくれるのだ。

「小娘だから、泣いていいんだ」

「あ……」

父を、失ったような気持ちだった。

じつは期待していたのだ。

今回の仕事は自分でも満足いくものだった。王将軍は言葉を惜しまない人だから、小玉の報告を聞いて、こんなことを言うんじゃないかって。

「さすがじゃないか！」って。

「……あれで愛妻家だったからな。夫人に後ろめたさを覚えて、泉下に無事たどりつけなくなったら、ことだ」

冗談のような言い方ではなかったから、彼はおそらく本気で言ってるのだろう。

小玉はしゃくりあげながら、言った。

「こんなことになって、夫人に合わせる顔がありません……」

「うぬぼれるんじゃない」

米中郎将は手厳しく言う。

「将軍が亡くなられたのはお前の力とはまったく関係ないことだ。夫人も将門《しょうもん》に嫁がれた方として覚悟はできておいでだし、お前みたいな小娘に当たったところで、なんにもならないことはご存じだ」

「はいぃ……」

勝利したはずなのに、まるで敗戦したかのように小玉たちは帰投することになった。


王将軍の突然の死に、まず葬儀のこと、そして人事のことについて、宮城は慌ただしく動きはじめた。

とりあえず葬儀が終わってからにしてほしい……と小玉は思ったが、葬儀より先に人事のことが話題になるよりはましか、と思うことにする。

心がどんぞこまで落ちこんでいるので、最近の小玉は小さないいことを見いだそうとする日々を送っていた。

小玉は人事について干渉する立場ではないので、部下たちと沙汰《さた》を待っていた。泣くことはもうなかったが、喪失感があまりにも激しくて、小玉にこの先のことを考えさせなかった。

けれどもいいことも少しだけあった。

丙は前回の出征のときよりも、ずっと落ちついて留守番をしていたようだった。今回は戦いに行くというより、工事に行くというものだったから、丙の心配は前回に比べると軽いものだったし、なにより彼は叔母《おば》が武官であるということについて整理がつきはじめていたようだった。

——王将軍に、このことも報告したかったな。


小玉のもとに一通の手紙が舞いこんだのは、そのころであった。

それは賢恭からの誘いの手紙だった。自分の元に来ないか、と。

もちろん小玉の意思で配属が決まるわけではないが、小玉が「諾」と返せば、賢恭はきっと働きかけてくれるのだろう。

何度も手紙を読みかえした小玉は数日悩んで、返事を書き……。

「閣下、沈将軍がお見えです」

「ん？」

返事を出す前に、本人と顔を合わせることになった。

——お年を召した。

久々に会った彼を見て、思ったことだった。

賢恭の秀麗な顔には、以前には見受けられなかった深い皺《しわ》が目立っている。宦官《かんがん》は老いはじめると一気に進むというが、彼もまた例外ではないのだろう。あるいは彼の任地《か》での苦労が、老いに拍車をかけているのかもしれない。

「今しがた、王将軍の家を訪問したところだ」

「さようでしたか」

小玉は顔を曇らせる。気丈に振る舞っていた夫人や子どもたちの姿を思いかえすと、胸が痛くなる。

しばしの沈黙のあと、賢恭が静かな声で尋ねる。

「……手紙は届いたか」

「はい。返事をしたため終わったところでした」

「それは紙を無駄にさせたな」

彼はふ、と唇をほころばせた。

小玉も少し微笑んだ。

「驚いただろう。手紙のすぐ後に私が来て」

「少し。けれども、思えば王将軍がお亡くなりになった以上、閣下が帝都にお越しになららないわけはありませんので」

少し考えればわかることだった。

「そうだな……」

賢恭は腹の奥底から絞りだしたかのような、深いため息をついた。亡き人と彼が過ごした時間の長さや重さを感じさせる音が響き、小玉は顔を伏せた。

思えばこの人が、自分を王将軍のところに連れていってくれた。

そう、連れていってくれたのだ。

あのころの自分は、賢恭から離れることが残念だったし、王将軍の下で働くことに前向きではあったが、あくまで「次の職場」という認識でしかなかった。

でも今は、王将軍の部下として――時期によってはあちこち異動したけれど――働けてよかった。彼のもとに連れてきてくれてよかった、と思っている。

「考える時間は必要だと思ってな。先に手紙を出しておいた」

「ありがとうございます」

「返事を書いたということは、もう決めたのか？」

「はい」

小玉は私室から携えてきた手紙を差しだした。

「よろしければお読みください。そうすればこの紙は、無駄にならないと思いますので」

「そうだな」

賢恭は小玉から手紙を受けとり、一読して少し眉《まゆ》を下げた。

「残念だ。工事の巧者を招けると思ったのだが」

「そう言っていただけて、光栄です」

それは賢恭からの手紙にも、書いてあったことだった。辺境の地では戦いだけではなく、建築についても備える必要がある。ついては、今回の件で功績をあげた小玉に来てほしい……と。

今回の出征で王将軍が戦死した一方、小玉がなしとげた工事については特に文官から高い評価を受けていた。この国は文治主義であるため、文官からの高評価はすなわち国全体の高評価といっていい。

特に内政に力を入れている皇帝は小玉の功績を重く見て、小玉に直接言葉を賜っているほどだ。

戦いでの功績は派手だし、話で聞く分には楽しいものだが、小玉は娯楽として人を楽しませるという評価のために戦っているわけではない。けれどもこの評価は、人をつらい目にあわせたり悲しませたりしない事業に関してのものだ。

嬉《うれ》しかった。賢恭がそれを理由に誘ってくれたことも。

王将軍という後ろ盾を失った自分を心配して、という理由を前面に出して賢恭が勧誘してくれたなら、きっと自分は傷ついていただろう。

「私は、王将軍が残された人や場所の行く末を見まもっていたいと思っています。それに私には家族もいますので」

辺塞《へんさい》へ向かうということは、丙を置いていくということになる。連れていっても辛《つら》い思いをさせる。

丙のせいで自分の望みを犠牲にしている、というわけではなかった。王将軍は自分の選択の範囲内で最大限家族を大事にする人で、そうする方法を小玉にきちんと教えてくれた。その教えを守りたいというのが今の小玉の望みで、そのとおりにしたまでのことだった。

「そうであるならば、残念とはいえないな。家族を大事にしなさい」

賢恭は優しく微笑《ほほえ》んだ。あまりにも早い前言撤回であったが、それは不誠実にはほど遠いものだった。

そろそろ決着がついてもおかしくないかな？　と思ったある日、小玉は米中郎将に呼びだされた。

——来たか。

部下たちも同じことを思ったようで、小玉は皆と目配せしてから米中郎将のもとへ向かった。

「関小玉、参りました」

「入れ」

王将軍の執務室、王将軍の座っていた椅子。今そこには、代行として米中郎将がいる。

そのことに胸の詰まる思いをしながら、小玉は勧められた椅子に座る。

仮にも武官なので、多少長い話であっても立ったまま続ける場合が多い小玉たちなので、これはずいぶん長びくとみた。


しかし、長びく要素がどこにあるのだろうか？


順当に繰りあがれば米中郎将が将軍となり、小玉が中郎将となって彼の補佐となる。

ただ前者はともかく、後者は順当にいかないかもしれない……なにせ女性での前例がない。もしかしたらそのことで長びくと、米中郎将は思っているのかもしれない。

──心配しなくても、抗議なんかしないのに。

これまでないないづくしの中を突っきってきた小玉であるが、今回は無理なんじゃないかなと思っている。

そもそも米中郎将が、副官がお前なのは納得いかんと拒否する可能性だってあるのだからして。そこらへん小玉は、過信していない。

自らの力量も、米中郎将の中での自分に対する評価も。

そんなことを考えていたくらいだから、次の展開は予想外にもほどがあった。


「次の将軍はお前だ、関」

「…………」

淡々と他人事《ひとごと》のように（実際彼が口にしているのは他人の人事であるが）、小玉に告げる米中郎将に小玉は絶句した。

これまで王将軍のせいで言葉を失うことは多々あった。

自分がこの人を閉口させることも、かなりの頻度であった。

けれどもまさか、自分がこの人にそうさせられる日が来るだなんて。

これは自分への意趣がえしかという、ありえない発想が小玉の胸裏によぎる。それほどまでに、米中郎将らしからぬ言動であった。

「……あの、お待ちください、閣下」

この人が、よりにもよってこんなときにこんな冗談を言うわけがない。それをわかっていながら、小玉はあえてこう言う。

「たちの悪い冗談は、よしてください」

だって、これが本当のことだなんて思いたくなかったから。

これまでの出世において、「いやよいやよって、男心を焦《じ》らす女の真似《まね》かよ。女に嫌われる女だよな、それ」と復卿に言われるくらい、嫌だ嫌だと言いながら受けいれてきていた小玉ではあるが、今回はそれとは違う意味だ。

恩義ある人の死と引きかえの出世は、まったく嬉しくない。

「そもそも閣下がいるじゃないですか。なんであたしが候補にあがるんですか？」

「候補ではない。確定だ」

米中郎将がご丁寧にも訂正してくる。

「ですから閣下が！」

「私は辞職する」

「えっ……」

この業界、辞めたくても辞められない場合がほとんどだ。逃げだしたとしても犯罪者として追われるはめになるので、中々縁を切れない。裏の世界も大概だが、表の世界もけっこう厳しいんである。

泰といいこの人といい、みんなほいほい辞めすぎである。なにか特別な伝手《つて》でも持っているのか……持っていてもおかしくない面々ではある。

小玉はそこについては、納得した。

「なんだってそんなことに……」

この出世を喜べない気持ち自体は、小玉にもわかる。小玉よりもはるかに長い間、王将軍を支えてきた人なのだから。その死によって転がりこんできた地位など。

けれどもそれはそれで、王将軍の遺志を継いで……という思考に至らない米中郎将のことが、小玉は不思議だった。

米中郎将は、苦笑した。

「自分の人生すべてを費やして支えてきたものが、急に失われるというのがどういうことか、お前は知らないだろう」

まるで赤子に言いきかせるような様子だった。つまり、言ってもわからないと思っている。

「王将軍を討った敵将は、まだ生きています」

歯がゆさを感じながら、小玉は仇《あだ》を討ちたいとは思わないのかと問いかける。

「『やめようよ、そういうのさ』」

「え……」

小玉ははっとした。

それは王将軍が、いつだったかの軍議の際に言っていたことだ。気を逸《そ》らせる若い武官をたしなめるために。

声音だとか表情だとかがやけに印象的で、妙に心に残るやりとりだった。他の者にとってもそうだったらしく、このときのことはたびたび話題になることがあった。どんな集団にでもある、内輪でのみわかる言いまわしというものだった。

「わかるか？　私は『そういうのはやめる』」

言いようによっては、遺志を継いでいるとはいえる。

「これで遺児たちがまだ幼いのならば、ここに残って支援を……と考えはしただろうが、な」

確かにそれは、心残りなんてないなと小玉も納得した。

王将軍の子どもたちは、もう「遺児」というより「遺族」という年齢である。皆職を持っているか結婚しているかのどちらかだ。

「……今後、どうなさるつもりですか？」

この人を引きとめることはできないと理解した小玉は、彼の進退について質問した。

「王将軍の死を弔って過ごすさ」

「王将軍の死にとらわれるのは、あの方の本意ではないと思います」

「やめようよ、そういうのさ」という彼の発言は、そういう理念に基づいてのものだと小玉は理解している。別の意味で囚《とら》われても意味がない。

すると米中郎将は、肩をすくめた。

「なに、嫌がらせだ」

その仕草、言いまわしが、まるで故人の薫陶を受けたかのようで、こんな人だったっけと小玉は記憶を掘りかえしたが、いくら奥底まで掘りかえしても、やはり「彼はこんな人ではなかった」という結論しか出ない。

けれども彼は、こんな人になったのだ。王将軍との付きあいの中で。

多分、自分の中にも王将軍が残っている。

※

大将軍の地位を追贈された王将軍の葬儀は、本人の家門もあって国葬で以《もっ》て行われた。長年彼の片腕として働いてきた米中郎将、そして王大将軍の後釜《あとがま》として確定した小玉は当然のことながら、その準備に追われることになった。

準備に際し、兵部の琮《そう》尚書が非常に頼もしかった。やはり持つべきものは人脈である。

この人は班将軍の夫人の兄にあたる。

つまり皇族で、琮王と呼ばれるお立場である。

付きあってしまえば意外に気さくで、しかも妹である琮夫人よりも親しみやすい人であったが、そもそも付きあいを持つに至るきっかけは、これまた例の「もう片方の犯人」である。

結局そいつについては、名前も教えてもらえなかったが、その代わりに……ということで、班将軍から紹介されたのである。

――それ、代わりって言うにはあまりにも豪華……。

と思いつつ、ご厚意を受けざるをえなかった。

班将軍の庇護《ひご》下から離れることになる小玉のことを心配して、班将軍と琮夫人が紹介してくれたことがわかったので。

今回のことで、人脈があるにこしたことはないと小玉も、必然性を強く感じていた。ただ皇族の知人が増えてしまって、小玉はちょっとお腹《なか》が痛くなった（気がした）。

白夫人もくれたことを考えると、班将軍はなおかつ継続的に小玉の面倒を見てやるつもりのようだ。ずいぶんと手厚いな、と小玉は思っている。

もちろん人脈も馬も、復卿の代わりになるものではないが、班将軍が一般的な感覚よりもずっときめ細やかな対応をしてくれているのは、彼の誠意によるものであり、否定なり拒絶するなりして誰も喜びはしなかった。おそらくは故人の復卿ですらも。

とはいえ、もし復卿が喜ぶと明確にわかりきっていた場合、自分はきちんと拒絶したのだろうか？

※

王大将軍の葬儀の際、皆故人を悼みつつも小玉に対しては、「それはそれとして出世はおめでとう」という態度の者が多く、小玉はしくしくと胸が痛かった。

米中郎将の辞職自体について、小玉はすっぱりと諦《あきら》めている。だが恩ある人の死によって地位を得るということに、わりきれるようになるためにはまだ時間が必要だった。


実をいうと、小玉の今回の大出世でもっとも喜んだのは文林だった。

「ついにやったな」と珍しく顔をほころばせる彼に、小玉はあいまいな笑みしか返せなかった。

きっと彼にはわからない。喜べない自分の気持ちを。


「まあ、飲め」

「ありがとうございます」

「夫人も」

「ええ、いただきます」

ひととおりの始末が終わったところで、小玉は班将軍に呼ばれてお宅に訪問した。今日は清喜も、文林もいない。

「あなたの将来に乾杯しましょう」

「ありがとうございます」

夫人がとても喜んでくれたことに、心が温まる。文林が喜んだときとは違って。

それは彼女の無邪気さによるものであるが、なにより大きい理由は表現は悪いがこちらが期待していないからだ。この方は自分のことを知らないのだから、こんな反応をするのは自然なのだ……という認識が小玉の中にある。

言いかえれば、自分は文林には期待していたということなのだろう。それを裏切られて残念であるという思いは勝手なものだが、まだ期待しつづけている自分が内心にいることを小玉は自覚している。

杯を干した班将軍が口を開く。

「それで、米はもう宮城を出たのか？」

「はい、先日……あ」

「いいのよ、わたくしが」

小玉は班将軍の杯に新たな酒を注ごうとするが、琮夫人が押しとどめて酒瓶《しゅへい》を手にした。

「ふむ……。それにしても今回の人事、ついに『悪い冗談』というものを、理解できるようになったらしい」

「本当ですね」

相づちをうった小玉は、少し心配だった。

自分は今、うまく笑えているだろうかと思って。

「あなた」

嫌みったらしさが絶好調の状態に戻った班将軍を、ほうっておかなかったのは琮夫人であった。おかわりを注いでいた酒瓶の傾きが急に戻った。

「いやいや、すまん。ほら、そのまま注いでくれ」

班将軍の声が少し焦る。さすがの彼も妻には頭が上がらないらしい。

「夫人。よいのです。班将軍のおっしゃるとおりですから」

班将軍を擁護するわけではない。夫人のお気持ちはありがたいが、小玉は今の言葉を皮肉だとは思わなかった。だからこそ上手に笑えなかった。

けれども琮夫人はやはり善良な人であり、小玉の発言をそのまま受けとってはくれなかった。

「今日のお酒は、あなたのためのものではありませんからね……さ、お飲みなさい」

そう言って、小玉の杯になみなみと注ぎはじめる。

「あ、そんなお手ずから……ありがとうございます」

くい、と干すとまたなみなみと……。

──うーん、速い……。

酒に弱いわけではないが、酒で少なからず失敗した覚えのある小玉としては、ここまで飲まされると困る。元上官とその妻である皇族の姫の前で酒に失敗したとなると、取りつくろえない……。

「夫人、夫人」

妻の袖《そで》を引く班将軍。名将もかたなしである。

「なんですか。あなたの失礼を、わたくしが詫《わ》びているのですよ」

「ああ、ではこの杯は罰杯ということにしましょう。班将軍の失礼に対して」

適当に言いつくろいながら、小玉は自分の杯を班将軍に差しだす。完全に逃げだったのだが、夫妻は小玉が酒興を添えたと受けとったらしく、揃って笑い声をあげた。

「これは確かに罰を受けんとな！」

「まあまあ、お上手ねえ！　それではこの方にも、今日はたくさん飲んでもらわなくては」

「そうだそうだ。ほら夫人、もっと注いでくれ」

夫人は鈴を転がすような笑い声をあげながら、夫の方に酒瓶を傾ける。

楽しそうな夫妻を見て、小玉は安堵《あんど》すると同時にこう思った。

──ああ、今は本当に笑えてる。

ひとしきり笑ったところで、班将軍はふと真面目な顔になった。

「そうだ、関よ」

「はい」

「そろそろ武挙《ぶきょ》が近づいている」

「ああ、ご子息が受けるとか」

その瞬間、琮夫人の表情が曇る。

先日白夫人をもらいうけたさいに、小玉は彼女から話を聞いている。彼女は息子が軍に入ることを心底案じているらしい。

「うむ。息子はできれば南衙《なんが》に入れたくてな」

「なんでまた」

代々将を輩出している班家の子息ならば、北衙禁軍《ほくがきんぐん》に入るのが順当である。他ならぬ班将軍もそうだったはずだ。

班将軍は難しい表情を浮かべる。

「先年、私は大家のご意志を受けて南衙のほうに行ったが、やはり北衙と南衙の間の境というのは深いものだな。当事者になって初めて理解した」

「はあ」

わからんでもない。

北衙禁軍に所属する個々人との付きあいや評価においてはそのかぎりではないが、確かに北衙禁軍全体に対しては「いけすかない」だとか、「機会があれば積極的にぎゃふんと言わせたい所存」というのが、南衙禁軍の者たちの意見である。

実は小玉も賛同者の中に入っているし、馬球《ばきゅう》の御前試合でもぶつかろうものなら、檄《げき》を飛ばさなくても意気軒昂《いきけんこう》で突貫する。

「息子には早めに実感させてやりたい。苦労はさせるだろうが……長い目で見れば、本人のためになるだろう」

「親心ですね」

班将軍の「苦労はさせるだろうが」のあたりで、琮夫人がそわそわしだしたのも、親心なのだろう。

「おそらくお前のところに配属されるはずだ」

「えっ、そうなんですか？」

いきなり話が身近になって、小玉はちょっと焦るが、班将軍の次の一言で納得した。

「ほら、お前のところは周がいるだろう」

「ああ、いましたねえ」

武科挙に受かったのに、南衙禁軍に来た異例の人材である。身近すぎてすっかり忘れていたが、確かに妥当。

——新人か。

もう誰の口にものぼらなくなった、泰の後任のことを小玉は思いだす。人材を育成するということについて、皆でしっかり考えなくてはならないなと脳裏にしっかり書きとめた。酔いで忘れないように。

「不肖の息子だが頼む」

班将軍と夫人が深々と頭を下げる。

「気が早くてらっしゃる」

小玉は苦笑いしたのだった。

※

わりと長ったらしい儀式があるのだろうな、と思っていたが、実際にはそれほどのことはなかった。

ただ廷臣たちの前で、詔《みことのり》が下されるというのはやはり大仰で荘厳な雰囲気が漂い、さすがに小玉も緊張はした。もちろん皇帝が直々に言うというわけではなく、担当の者が預かった勅書を朗々と読みあげる。

まず小玉の名、次に授けられる位。

跪《ひざまず》きながら小玉はそれを聞いた。小玉の前に、立派な盆が置かれる。そこに載っているのは印と綬《じゅ》。綬は将軍が死んだとき、血で汚れたという。だからきっと新しいものだ。けれどもあの印は、王将軍が肌身離さず持っていたもの。


「――以上！」


読み上げが終わるのに合わせて、小玉は深々と頭《こうべ》を垂れた。

――拝命いたします。

口の中でのみ呟《つぶや》いたのは、亡き王将軍に捧《ささ》げる言葉だ。


――関小玉、将軍就任。

あとがき

みなさまお元気でしょうか。私は若干ぜんそく気味ですが、それ以外はすこぶる元気です。

さてずっとウェブ連載し、その後賞に投稿したものを修正していたのが第零幕だったので、この巻は少し感慨深いものがあります。この巻は「その先」の物語だけで構成されているんだな、と。

実をいうと私の中では、第零幕が本編で、第一幕以降が後日談という感覚が強いので、この巻では「本編が進んだ」という感じがあります。第四幕を書きながら、そのうち「後日談」に追いつくんだなあという感覚が真実味を帯びてきました。

またこの巻は第十二幕の内容とも深い関わりがあります。過去の先に未来があって、未来はときどき過去を呼び起こすこともある。そんな話だと思います。

今回の表紙には明慧《めいけい》が出ています。実にハンサムで、間違いなく初恋泥棒。

ところで私のパソコンのパスワード、実は明慧の名前使ってます。何台か乗り換えましたが、ずっとそう。今はＰＩＮでログインしてますけど、たまに入力することがあると「嗚呼《ああ》、明慧」って思います。

彼女に限らず、キャラクターの死について書いている最中には、死んでほしくないという思いと、死ぬと「知っている」感覚が同時に存在しています。まこと業の深い生き物ですよ、私は。

ところで来月、新しい本が出ます。このシリーズと同じ富士見Ｌ文庫さまからで、数年前から練っていた現代物です。ご興味のある方はぜひ。

二〇二一年五月六日

雪村花菜《ゆきむらかな》

お便りはこちらまで

〒一〇二―八一七七
富士見L文庫編集部　気付
雪村花菜（様）宛
桐矢 隆（様）宛

富士見L文庫

紅霞後宮物語《こうかこうきゅうものがたり》　第零幕《だいぜろまく》
五、未来《みらい》への階梯《きざはし》

雪村花菜《ゆきむらかな》

2021年7月15日　初版発行
2023年9月5日　再版発行

発行者　山下直久
発　行　株式会社 KADOKAWA
〒102-8177　東京都千代田区富士見2-13-3
電話　0570-002-301（ナビダイヤル）

印刷所　株式会社 KADOKAWA
製本所　株式会社 KADOKAWA
装丁者　西村弘美

定価はカバーに表示してあります。　◆◇◇

●お問い合わせ
https://www.kadokawa.co.jp/（「お問い合わせ」へお進みください）
※内容によっては、お答えできない場合があります。
※サポートは日本国内のみとさせていただきます。
※Japanese text only

ISBN 978-4-04-074180-2 C0193

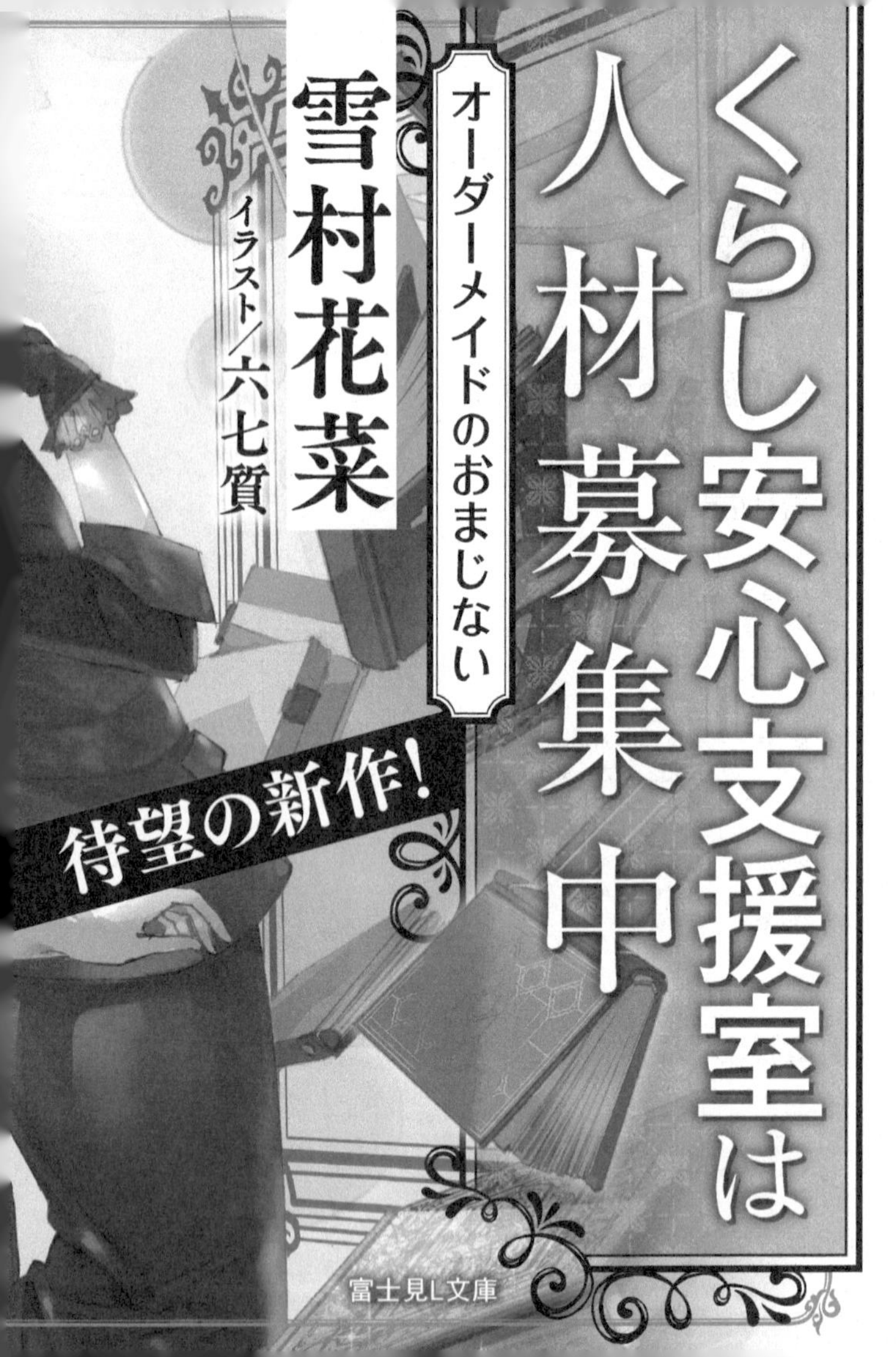
くらし安心支援室は人材募集中
オーダーメイドのおまじない
雪村花菜
イラスト／六七質
待望の新作！
富士見L文庫

2021年
8月15日
発売!
「紅霞後宮物語」雪村花菜、
進路に悩む大学生のみゆきは教授から就職先を紹介される。
それはSF(少し不思議)案件専門の国家公務員「くらし安心支援室」の一員と
いうもの。怪しむみゆきだったけれど、みゆきの周囲でSF事件が起こり……?